中坚代

ZHONG JIAN DAI

傩赐

NUO CI

王 华◎著

时代出版传媒股份有限公司
安 徽 文 艺 出 版 社

图书在版编目（CIP）数据

傩赐/王华著. —合肥：安徽文艺出版社，2018. 1
（中坚代书系）
ISBN 978-7-5396-6201-5

Ⅰ. ①傩… Ⅱ. ①王… Ⅲ. ①长篇小说－中国－当代
Ⅳ. ①I247.5

中国版本图书馆 CIP 数据核字(2017)第 225742 号

出 版 人：朱寒冬　　丛书策划：朱寒冬
责任编辑：汪爱武　　装帧设计：张诚鑫　许含章

出版发行：时代出版传媒股份有限公司　www.press-mart.com
安徽文艺出版社　www.awpub.com
地　　址：合肥市翡翠路 1118 号　邮政编码：230071
营 销 部：(0551)63533889
印　　制：安徽新华印刷股份有限公司　(0551)65859551

开本：880×1230　1/32　印张：8.5　字数：250 千字
版次：2018 年 1 月第 1 版　2018 年 1 月第 1 次印刷
定价：29.80 元(精装)

王华，国家一级作家，贵州省作家协会副主席。著有长篇小说《桥溪庄》《家园》《花河》《花村》《花城》等、中篇小说《旗》《在天上种玉米》《向日葵》《橡皮擦》《回家》等、短篇小说《逃走的萝卜》等。其中，《桥溪庄》获贵州省政府文艺奖一等奖、乌江文学奖、骏马奖。有作品被改编成电影，多部作品被翻译成英文、俄文、法文等。

目 录

第一章

1

似乎，还是在很早很早的时候，我就想跟你们讲讲傩赐庄了。有可能是我半岁那天，我还没学会感伤的眼睛，看到我妈离开我，离开我爸和我哥去另一个男人家里的时候；或许是哪一次，偷偷回来喂我奶的母亲深埋在眼睛深处的忧郁被我看到的那一瞬间；或者是在我第一次过桐花节的那一天；或者是我第一次看到傩赐层次分明、色彩丰富的雾的那个时候；或者是在后来我的那一段上学时光里，在我爸决定用我上学的钱来为我和我的两个哥哥打伙娶秋秋以后。似乎，这个愿望就像我的一块皮肤，与生俱来，和我一同感受着傩赐白太阳下那些故事的美丽和忧伤。

白太阳！

傩赐这个地方，一年四季里只有不到两个月的时间里才有真正的阳光。平时，这里最富有的就是雾。于是，很多时候，傩赐的天空中就会有一轮白太阳，从升起到落下，一直洁白如银，一直那么美丽而忧伤。

看到那一片阳光了吗？那一片，那一片，那儿还有一片。红的，绿的，粉的。什么地方有了这样的阳光，那就是春天已经走到那个地方了。然而，这个时候，我们傩赐还被一片浓雾笼罩着，还被白太阳的那一份忧伤笼罩着。

就是这样的一个日子，有一面山坡，一笔一笔，用金黄色往上铺垫。到稍缓一些的地方，是浓浓的奶白色，在一片青灰色作底的山脸上云团一样浮着。那金黄色的，是油菜花。那奶白色的，是李子花。那青灰色的，是还没能从冬天里彻底醒来的山和竹垄，竹垄下面是一间青灰色瓦房。

这天，秋秋在这间瓦房里出嫁。

秋秋无论如何也没有想到她要嫁的是三个男人！这样的事情只有我们傩赐才有。不到没办法的时候，我们是不会告诉别人的，更何况是对我们的新媳妇秋秋。

秋秋知道她要嫁的地方叫傩赐，但她不知道那地方在别的地方春天都快要死去的时候还没有油菜花，也没有李子花。没有油菜花，是因为那地方不种油菜。那地方没有种油菜的天气。没有李子花，是因为那地方的李子树还没接到开花的季节命令。听起来，好像我们傩赐不跟你们在同一个星球上。其实，我们傩赐离秋秋家并不是十分遥远。从秋秋家出来，沿坡上一条小路直上，也就是三个半小时的路程。只是，我们傩赐生长在一群离天很近的大山里，连接着秋秋家的这条路，用我们的步子丈量，得花上三个半小时，而且这条路上荒无人烟。像长脖子高粱举着的穗，我们傩赐离天很近，离根却很远。这样，它就显出跟其他地方的与众不同来。

从哪个时候有了傩赐庄，我们没有去认真考证过，只仿佛听说过是很早很早的时候，三个男人和一个女人从一场战乱中逃出来，逃到了这里，就有了傩赐庄。至于是从哪个朝代的什么战乱里逃出来的，说这话的人也不清楚。总之，我们的祖先是看上了这个完全被大山封闭起来的地方，他们对这个地方和这个地方的生活寄予美好的愿望，所以起名傩赐。他们在这儿自由耕作，自由生息繁衍，也还过了一段桃花源似的日子。据说，我们庄上两三个男人共娶一个女人的婚俗，就是从那一段自由日子里产生出来的。但据说后来，山外有人进了傩赐，告诉他们傩赐属于谁，傩赐人又属于谁，又给他们定下一些规矩，硬叫他们把若干个家庭合成一个大家庭，一庄子人在一起干活，在一起吃饭。后来不在一起吃饭了，还在一起干活。这之间，山外来的人不让傩赐人延用他们几个男人共娶一个女人的传统婚俗，傩赐人也就照着别处的模样过起了日子。但是后来，据说又发生了一些变革，庄上的地又成了一小块一小块，庄上的人又是一家子一家子地到划给自己的那块地里干活。而这时，到傩赐来说话的人越来越多，叫傩赐人上交的款项也越来越多，傩赐人在地里埋着头从春天刨到冬天，到头来连过年都捞不上一顿干的，才发现傩赐这地方到底跟别处不同，日子自然也不能效仿别处的，就重新把丢弃了的东西捡了回来，重新把它当宝贝。

比如婚俗。

据说，依稀知道一点儿傩赐的人提醒过秋秋，说傩赐那地方可不是好地方。但秋秋不能因为那里不是个好地方就不嫁。秋秋早没了父母，跟着哥相依为伴。秋秋两条腿还不一样长，走路跟鸭子一样一摇一晃。哥早说好了媳妇，但哥要娶媳妇就得嫁秋秋。哥娶媳妇需要一笔钱，嫁秋秋可以得到一笔钱。我哥雾冬去提亲，秋秋哥按照自己娶媳妇和嫁秋秋要花的钱说了个数，雾冬也没太往下杀，秋秋哥就当着雾冬的面儿跟秋秋说，这兄弟长得跟棵松一样，跟了他，天塌下来都落不到你秋秋的头上。秋秋看出哥急切切地要她嫁给这个长得跟一棵松一样的雾冬，也没往深处想，就点头了。

我哥雾冬同时还是去替我和我同母异父的三十五岁的老光棍哥岩影提亲，之所以要选我哥雾冬去，是因为岩影太老，而且还没有左耳和左手，我又才十八岁，似乎又太嫩，雾冬二十五，最恰当。这件事情是我爸自作主张安排的，事先没问过别人的主意，事后也没告诉过别人。临近开学的一个时间，我爸突然对我说，蓝桐别去上学了，把上学的钱拿去娶媳妇。我爸的样子很像是突然来了这么个想法，但这个决定却根深蒂固地长在我的人生故事里了。我还是一个中学生，我的前面是拴在课桌边的高三时光。可我爸硬是像掐一棵庄稼苗一样强扭过我的脖子，要我往他们的日子里走。

二月初定了亲，二月尾上大哥就要嫁秋秋。大哥的迫不及待让秋秋有些感伤，还没到哭嫁的日子就落起了泪。她不知道，她大哥这么快就要嫁她是因为傩赐这边的迫不及待。傩赐人找女人都是速战速决，怕的是夜长梦多。当我们家接亲的队伍往秋秋家赶去的时候，我就知道秋秋注定有一场好哭了。

秋秋没有父母，出门时就该拜大哥。发亲的鞭炮一响起，大哥就该到香龛前受秋秋的哭拜。秋秋往大哥面前一跪，眼泪就会如雨一样洒下来。好多好多的话，秋秋都会变成哭歌唱出来，唱给大哥听，唱给亲戚朋友乡邻们听，唱得好多旁边人要跟着流眼泪。负责扶秋秋出门的女人得赶在旁人的眼泪刚刚落下来的时候把秋秋拉起来，拉着她往门外走。这个时候，别人会递给秋秋一小块木柴，秋秋跨出门前反手往身后一甩，身后的大哥接住这块木柴，就算秋秋把这家人的财喜留在家里了。秋秋留下了财喜，就该走出这个家门了。围观的人就会称赞说秋秋心不厚，不是那种要把娘家的财喜也带到自己那边去的人。据说有一种心厚的女人，出嫁时把别人递给她的木柴揣衣兜里，说这样就能把娘家的财喜也带到自己那边去。

跟很多新媳妇一样，秋秋的嫁妆也是三床被子、一间衣柜、一间米柜，清一色的大红。接亲的人抬着这几样东西在前面走，送亲的四五个姑娘媳妇把秋秋护在中间，由后面的唢呐队相送，就朝着我们这个叫傩赐的地方来了。

傩赐在挨着天边的一片大山里，明艳艳的天空，似乎把傩赐推得很远。你能想象得到，秋秋的腿不整齐，这条一心要抛弃一片一片清香扑鼻的油菜花，要抛弃明艳生动的春天，奔向高远的天边的小路，她就走得很艰难。

那天，秋秋穿着一件火红的上衣，后腰上是一朵巨大的粉色牡丹。你还可以想象得到，这朵在鲜亮的春日下开得鲜艳欲滴的牡丹，是那么炫目。它跟太阳交相辉映，把秋秋烤得一身湿。

秋秋的衣衫湿了，背上小孩子脸大的一块颜色显得深一些。山下那一片仿佛十分认真却又没有规则地涂抹上去的金黄色已经被秋秋抛到后面好远好远了。越往上走，风里的花香就越少了，打湿了的衣服贴到背上就显得有些凉了。前面再见不到明亮的色彩，天也似乎就在触手可摸的地方，天空跟前面的路一样，清一色的青灰色。回过头，太阳明明还在天上挂着，可秋秋这边就像有一种什么无形的东西在拒绝着阳光，抑或，太阳的法力还够不着秋秋这边。

山风凉起来，秋秋心里的离别愁情就该渐渐淡下去了，出嫁的路似乎没有尽头，一种对未来的恐慌会代替离别愁情。

我就在这个时候接到了秋秋。

接秋秋本来不是我的事儿，秋秋是我的媳妇，我该是在家里等。但村主任陈风水来到我面前的时候，我就突然有了这个念头。陈风水是村主任，负责把据说是傩赐人该交的款子收起来交给山外来的人，也负责把山外来的人说的话传达到傩赐人的耳朵里。陈风水的村主任帽子是傩赐人给戴上的，陈风水的爸老得无法把村主任继续当下去的时候，傩赐人就举手选了他，他到现在也老得差不多了，可傩赐人还举他的手。傩赐人心里认他，是因为他的爸当村主任的时候曾指引傩赐人恢复旧时的婚俗，帮着傩赐人开脱掉了很多款项担子。还因为陈风水也像他爸一样，骨子里还保留着一份与乡亲们很亲很近的情怀。

哪一家娶媳妇，陈风水都是要到场的。到场不光是为了吃喜酒，还有一件事情要做，那就是要问清楚娶来的新媳妇是跟谁办了结婚登记。这个他一定得记准记牢，哪怕之前问过了，这时候还要问，而且还要看结婚证，把这个记牢了，山外的人来了，问起来，他才不会说错。接下来，他得记牢娶这个媳妇的其他男子，以后，他得跟山外来的人说，谁谁谁是光棍，没娶上媳妇，他屋里的娃也是抱养的。或者就说那娃是远房亲戚的，来这里玩哩。

所以，他就来到了我面前。

当时，我正一个人躲在屋后的竹林里幻想秋秋出嫁时的情景。我的想象已经演绎到秋秋走进傩赐，突然看到白太阳的时候了。我想象着秋秋从一片明艳艳的春天突然走进大雾弥漫的冬天里，突然看到头顶炫目的太阳变成了一轮忧郁的白太阳的时候，她惊讶的表情应该是多么可爱。因为眼前的雾障让我看不清我的幻象，我正百无聊赖地挥着手臂劈眼面前湿重的雾障。我这个样子很不像一个新郎，所以，他来到我身边的时候先让他脸上的皱纹挤在一起开了一会儿会，才往上提着两嘴角问我，这个媳妇也是你的？我没回答他的问题。我心里很埋怨他打断了我的幻想，而且我认为这个问题他应该去问我爸。

大概他已经问过我爸了，问我不过是想得到更进一步的肯定。他又说，你对这件事情有看法是吧？我还是不理他。竹林里的雾比其他地方厚一些，心烦的时候，你就会觉得它像破棉絮一样地难看。我不想看见陈风水，我想看远一些，雾却偏偏让我只能看到陈风水。我徒劳地挥舞着手臂，从最初的想劈开雾障到最后的发泄心中的郁闷，我把自己弄得很累，大口大口地喘气。

陈风水村主任用一种看孙子的疼爱眼光看了我一会儿，说，我也觉得这件事情你爸处理得不恰当。我以为碰到了一个知己，竟然把眼睛转向他，那么可怜巴巴地望着他，希望从他那里得到些什么。他也从我的眼睛里看懂了我的渴望，并且用一种很明确的态度和我站到了一起。他把眼睛挤成一条缝，用很多皱纹把浑黄的眼珠子埋起来，把脖子伸长，下巴抬起来骂我爸，你爸那娘拐子的，咋能让雾冬去跟新媳妇登记呢？他就没想过你是上过学的，还上到了高中，是我们庄上最有学识的人了，今后我要是跟上面的人说你是个光棍，你的娃是抱养来的，上面的人怎么会相信？傩赐庄的人都知道我们傩赐人住得都靠着天了，凡不是傩赐庄的人都被称作“山下的人”或者“山外的人”。只有陈风水村主任，硬是要把那些来傩赐庄指手画脚的人说成是“上面的人”。陈风水说，你爸应该让你去相亲，让你去跟新媳妇一起登记。他说，登记是要废一大坨的钱，结婚证工本费、介绍信费、婚姻公证费、婚前检查费、妇幼保健费、独生子女保证金、婚宴消费费、杀猪屠宰费、计划生育保证金、晚育保证金、夫妻恩爱保证金，哎哟哟。陈风水一直掰着他糙得像树根一样的指头数，数到后来突然烦躁地握紧拳头挥了一下，好像他这么一挥，那些数都数不过来的费就给他挥没了一样。挥过以后，他就平静了。他开始慢慢卷烟。一截散发着浓烈刺鼻气味的烟叶被他放到嘴里含一下，含得湿了，拿出来展开，放膝头上。他一边卷着烟叶一边说，但是这一大坨钱是三个份子凑，娶媳妇的三个男子里有两个儿子是他的，他叫雾冬去登记也是凑两份子钱，叫你蓝桐去也是凑两份子钱，你说他怎么就转不过这个弯儿来呢？他的话让我很扫兴，在他认真卷烟的时候，我就想，看来在这儿坐着也不清静，不如去半路看看新媳妇。

我从没见过秋秋，我哥雾冬提了亲回去说，秋秋是个瘸子，但秋秋好看得不得了。岩影听说了就忍不住摸到山下偷偷看过秋秋一回。可我没有，我喜欢想象，雾冬回来大致说一下，我就能想象得出秋秋的模样。而且，这个亲是我爸自作主张定的，份子钱也是他凑的，在我看来，这个秋秋跟我没多大关系。

我绕过屋后，沿一条茅草路往庄外走。我手里还拿着一本书，是去年的课本。刚才这本课本被我捂在怀里。我拿着它并不是想努力去实现一个什么远大的理想，不过是因为一种挥之不去的对上学时光的怀念。往庄外走的时候，因为手里抓握着这本书，有一会儿我竟然以为自己这是去上学，脚下居然生起了风，枯死的茅草被我踢得唰唰作声。

当隐隐的唢呐声传进我的耳朵的时候，我才清醒过来，我不是去上学，我是来看新媳妇的。不管我的想法如何，这个新媳妇都跟我有关，她从今往后，有三分之一是跟我贴在一起了。

我站下来，站在一片被雾打湿了的空气里，看着送亲的队伍慢慢地向我走近。

送亲的队伍都穿得很光鲜，但队伍里只有一个瘸子，而且也只有这个瘸子生得跟我想象的模样差不多，真是好看得没法说。我就认定她是秋秋了。

2

我出现在这里，接亲的人很诧异，一个个都长着嗓子喊，蓝桐你来做啥？我看他们一眼，连一个笑都懒得给他们。我平时就是一个不爱说话的人，这时候不张嘴别人也不会怪我。

况且这时候我的脑子里只装着一个秋秋，我在想，秋秋还真是好看得没法儿说。

如果秋秋不是个瘸子，放在什么地方都是一朵花儿。虽然秋秋是个瘸子，但秋秋还是一朵花儿。

我就在认识秋秋的第一时间里，开始了我人生的第一次春情翻涌。

之前，我有过的一些关于女人的遐想，总是被一种自卑扼杀在萌芽阶段。自从我从别人眼里体会到自己作为一个山野穷人的轻贱，自卑就深深植进我的骨髓，美丽女人就成了天上的云朵，离我那么遥远。我怎么也没有想到，我爸妈一个独断的安排，让我一下子就走近了一个美丽女人。我还没有想到，在美丽面前，我是那么不堪一击。就那么一眨眼的工夫，我的那些因为被迫辍学、被迫跟兄弟打伙娶女人而生出的郁闷全都化成一股青烟飞了。我不是我了，或者，我不是原来的我了。

我拼命压抑着内心狂乱的搏动，看着秋秋，暗暗地希望她也能看看我。

我知道自己虽然是一个山野穷人，但模样长得还不赖。我知道我脸上最有看头的地方就是眼睛，我的眼睛还很年轻，该黑的地方黑得发亮，该白的地方白得发蓝，绝对地清澈明亮。所以我希望秋秋跟我相识的第一时间里能盯着我的眼睛，我希望我的眼睛能争取到她对我的全部承认，就像我因为她的美貌忽略她的残疾而完全承认她一样。

但是，秋秋不看我。

秋秋是个新媳妇，她走路一直埋着头。

一个美丽的新媳妇，一个跟我有关的新媳妇，一个有三分之一是属于我的新媳妇，我看到她走得很艰难。

我说，秋秋，我来背你。我也不知道怎么这句话就冲出了我的口，我听到自己的声音打着抖，很像蝉翅在风中扇出的声音。

这个要求于秋秋来说似乎也太突然，她飞快地看了我一眼。然后，我就看到她脸上红晕深厚，胸膛汹涌起伏。前面接亲的有人喊，新媳妇，他是你弟弟，你就让他背吧，这路难走哩！秋秋又飞了我一眼，我想肯定是第一眼给她留下的印象不错，这第二眼就是表示她并不十分反对我背她。但她还是无助地看着送亲的姐妹们，不知道该怎么办。

接亲的人们就笑起我来，哈哈哈的，比看戏还高兴。我的脸很热，我知道我的脸也红了，但我坚持着。我说，秋秋你走着困难，我背你走吧。

秋秋如一只山兔子看着猎人一样惶恐地看着我，腿上打着颤，迈不开步子了。

接亲的又有人喊，新媳妇，他叫蓝桐，是你兄弟，他是体贴你走路艰难，你就让他背吧。

接亲的人心里明白我不光是秋秋的弟弟，我还是她的男人，但他们只说我是她弟弟，不会说我还是她男人。

秋秋慌乱得眼神乱飞，似乎逃的想法都有了，却不知怎么的就到了我的背上了。有上千只吓慌的兔子在撞击着她的胸口，汗水轰的一声暴雨一样地淌，还有她的身体，颤抖得没法停。她没挣。我想她是不知道该挣还是不该挣。其实我身上也发着抖，但我是激动，不是怕。我的抖和她的抖相辉相映，我感觉我和她正进行着一次融汇。这感觉真好，有了这感觉，蓝桐就不是蓝桐了。又仿佛，这才是真正的蓝桐。

背着她走，整个队伍都快了许多，接亲的和送亲的，脸上都露出一丝轻松。秋秋就低了眼皮，任我背着走了。

伏在我的背上，秋秋胡乱击打的胸膛渐渐平静下来。路太长，还太陡，我背着秋秋爬了一阵，气就不匀了。一条很瘦很瘦的寂寞孤独的路，弯弯扭扭地蹿向大山，像一条正在飞奔的蛇。

秋秋用一种只有我才听得见的声音说，我下来走吧，路好像还远着哩。

我使劲把她往上面送一下，表示我还能背着她走。

我对她说，你抬头看天上。

她真抬了一下头。她肯定看到头顶那一轮白太阳了！我感觉她抬起的头迟迟没有放下来，她看得很痴迷。我说，白太阳，只有我们傩赐才有。秋秋没有听我说话，她还痴痴地看着天空。她把灵魂给了天空的白太阳，把身体留给我，我就感觉她比先前重了。

我的脚步慢下来了，比秋秋自己走还慢。

我身后突然响起一个好听的声音，这太阳咋就变成白的了？

又是一个好听的声音，看山下，我们那里太阳还好着哩。

难道这天上有两个太阳？

是雾，雾把太阳变白了。

秋秋被这些声音唤醒了，她悄悄地扳着我的肩，把身体往上提着，为我减轻了一点重负。我咬着牙，大口大口地喘着气，艰难地跋涉，但我的胸口一阵阵翻涌的却是无比的甜蜜。

秋秋又一次抬起头的时候，看到山突然间放大了，路也没有先前陡了，或许还抬头看到了放大了的白太阳。她悄悄问我，还有多远啊？

我站下来，但并不放她下来。我就这么背着她歇了一口气，再背着她往前走。

进了大山，路就显平了，我们的脚下也快了。不多久，我们就听到前面好多人在吵嚷说，新媳妇来了，蓝桐把新媳妇背回来了。秋秋忙往下挣。我不让挣，手像铁钳一样夹着她。秋秋挣不下来，只好把脸埋得更深些，让她的脸烫着我的背。那心跳，像拳头一样打击着我的背。

到了院子里，我才依依不舍地把秋秋放下了。我真希望一直这样背下去，但我又不能不把秋秋放下来，让她去跟雾冬拜堂。原则上，她跟雾冬拜了堂，也就相当于跟我拜过堂了。相亲的是雾冬，登记的是雾冬，拜堂的就得是雾冬，第一个月新婚也是雾冬。我和岩影，得用拈阄儿的方式来决定我们跟秋秋的新婚时间。这个程序是在结婚前就进行了的，阄儿是雾冬写的，由我爸揉成两个黄豆大的小纸团儿，放在他手心里，叫我和岩影去拈。我对这事没兴趣，说先啊后的你们定吧。爸朝我瞪眼，说你自个儿的事儿谁敢替你定啊？我在心里笑我爸，娶媳妇这样的大事你都敢定，这么个小事倒不敢定了。我不拈，我说，岩影大哥先拈吧，剩下的给我就行了。岩影就真先拈了，可他拈的却是第二。就是说，剩给我的是第一，我和秋秋的新婚在雾冬之后的第二个月。岩影因为自己的手气太差而沮丧得半天都不想说一句话，我说要不你占第一吧。岩影正把眼睛睁大，一个惊喜的表情已经呼之欲出了，可我爸一棍子打了下来。不能坏了规矩！他说。

这时想起拈阄儿时的场景，我心里有些感激我爸主持了公道，没让我糊涂地把阄儿让出去。我发现这个时候我已经开始向往和秋秋相守在一起的那种大人过的日子了，那种日子在我的心里，有些像天上突然出现的一个云朵，有时看起来像只美丽的蝴蝶，有时候看起来又似一只善良的母羊。我从心里凝视着这些变幻不定的“云朵”，又突然想到这么个美貌的女人并不属于我一个人，我的心就在放下秋秋的那一瞬间骤然变冷，激越不起来了。

我不喜欢这样。那么你喜欢怎样呢？我问自己。我一时无法给自己一个准确的回答。因为上学，我的脚走出过山外；因为书本，我的心看到了比我脚下更远的地方。我感觉我的心时常跑到雒赐的那些山尖上站着，孤独地遥望山外。但也就仅此而已，我的脑子里似乎从来就没有过那种叫思想的东西，或者说，我脑子里的思想不过是一些苍白的蝴蝶。平时，我满脑子飘着的都是些如云一样的雾，如雾一样的云。有时候，我长久地盯视着天空中那一轮白太阳，希望透过它看到自己的思想，头脑里就飞出一些苍白的蝴蝶，一些把我的心思带到远方的蝴蝶。

所以我只能回答自己，我想离开这里。

我不喜欢这种婚姻方式，却不能代表我不喜欢看秋秋。虽然我的眼睛已经因为心情的原因不再那么容易点燃了，但我还是无法拒绝秋秋对我的吸引。

秋秋太招眼，一庄子的眼睛都压在她头上，她的眼睛只好看着自己的脚。我希望看到她的脸，我希望她的眼睛能迎接我的眼睛。我把视线固执地放置于秋秋的头顶上，我决定一直等到她抬起头来。

秋秋真的抬头了，因为一个嫂子走过来，把她拉进了屋子里，让她坐在一条板凳上等着拜堂。秋秋抬头只那么一瞬，后来让我看到的只是一个低头走路的背影。秋秋还是去跟别人拜堂。我胸口处似乎晕了一下，但随后我又笑起自己来。她本来就不是你一个人的。我对自己说。

秋秋被安排在门口的一条板凳上坐下来，她仍然垂着头，看着自己的脚。但这次她是侧面冲着我这边，虽垂着头，我也能看到她半个姣好的脸蛋儿。不知怎么的，仅这一点，居然让我产生了一份满足。

一群脏猴儿似的孩子，围在秋秋旁边，圆溜溜的眼睛一眨不眨，眼神儿发磁。

四仔妈的声音在一边响起来，四仔，让新嫂子摸摸你那缺牙，要不长不起来的呀。四仔听了回头瞪一眼他妈，旁边的孩子就嘿嘿笑起来。秋秋飞起眼神儿看了一眼面前的几个孩子，又忙把头深深埋下。

四仔的妈过来了，拉了四仔，说，他新婶子，你给他摸摸，他摔掉了一颗牙，你摸了，这牙还能长哩。秋秋不敢看这个女人，也不敢不摸，在四仔张开嘴以后，她把手哆哆嗦嗦伸进了四仔的嘴。她的手指刚摸到四仔的缺牙，四仔的牙巴就合上了，像铁钳一样，秋秋痛得一声尖叫。要不是秋秋赶紧把手抽了出来，她的手指可能就断在四仔的嘴里了。

秋秋流下了泪。

四仔挨着打，却不哭，眼睛看着秋秋流泪的样子，打一下，他尖叫一声，像个胶皮娃娃。

一串鞭炮响起，秋秋就被先前牵她进屋子的那嫂子牵着，到了拥挤着很多人的堂屋。那里燃着一对艳丽的红烛，空气中飘着香火的味道。秋秋站在穿了一身新衣的雾冬身边，眼睛不敢打开，只从眼皮底下放一道眼神儿，弯到雾冬这边，看一眼，又连忙收回来了。我看着穿了一身新衣的雾冬，看着他满身幸福横流的样子，真想一把扯开他，自己站到秋秋身边去跟她拜堂。但我也就是想想而已，并没有那么去做。我捂着发晕的胸口，对自己说，你去拜堂又能怎样？还不是改变不了与两个哥哥共享的现实。

听着司仪的命令，雾冬和秋秋在一片喧闹声中一起磕了好几个头。然后，秋秋就被带进了新房。屋子是新的，屋子里的一切都是新的。一种强烈的新鲜感激动着秋秋，秋秋的眼睛在屋子里乱飞。好大一堆孩子挤进了新房，圆溜溜的眼睛一眨不眨地盯着秋秋。秋秋从一个布包里抓出一把糖果、瓜子，分到孩子们的小手心里，把他们打发到门外来，然后，把自己一个人关在了新房里。

3

我们的房，一溜并排着三间，厚厚的黄色土墙，没窗，只在屋顶上盖几块透明瓦。这个时候，屋顶上的透明瓦跟一只只瞎眼一样，天已经黑了，它们也没法透出明亮来。厚厚的土墙把三只电灯泡发出的一团可怜的昏黄灯光圈在屋里，还让回绕在屋子里的酒菜味道坚韧地保持着。

中间是堂屋，堂屋两边是厢房。厢房前后一隔两断，后面的用竹篾编成墙隔两间睡房，前面用来做厨房。秋秋和雾冬的新房在左边的厢房后面，和我的睡房仅隔一篾墙。左边的厢房里没设厨房，我们家的厨房在右边的厢房里。虽然别处已经是风和日丽，但我们傩赐，天黑下来时，还得上火炉烤火。我们的火炉，也是土筑的，一个一米见方的土台，上面做一个大火口，堆上大煤块，冬天烧一堆大火，一家人围坐在火炉上，烧饭吃饭都在上面。

门外已经黑漆漆一片，庄上来吃酒的人都各自回家去了，岩影还坐在我家火炉上，坐在我的对面。他抽着一卷草烟，时不时看我一眼。他那样子很可怜，像一只有意见却不敢声张的老羊。这只老羊用他的眼神骂我占尽了便宜。他认为，我的睡房跟雾冬的睡房仅隔一堵篾墙，晚上我还可以打耳朵牙祭。我很想对他说，你来跟我一起住吧。或者说，要不，我去你家里住，你来我这房间里住吧。但是，我又没说。于是，岩影就还是那样带着一点点仇恨地看着我。看一阵，大概觉得我这副样子瞧着太没劲了，就起身走下火炉去了。岩影一走开，我就觉得自己再没有坐在火炉上的价值了。他看着我的眼神很让我觉得无聊，但没有一个人关注着你就更无聊。热闹了一天，突然静下来的时候，我发现这一天的热闹跟我没多大关系，我很落寞，就特别希望像一条狗一样回到自己的窝里蜷起来。

我也跟着岩影往左边的厢房里走。岩影说，你跟着我做啥？我说，我去睡觉了。他鼻子里发出一种类似于擤鼻涕的声音，却没有鼻涕擤出来。他站在外屋那本该是垒火炉的地方，眼睛亮亮地看着我。我向他扯出一个干干的笑意，然后顾自进睡房了。

我以为，我充满了疲惫的思想和肉体会在这里得到安宁，我认认真真把自己伸展在床上，闭上眼睛，然而隔壁有一种动静让我陡然间变得炽热起来。

仿佛是一声短促的尖叫，又仿佛是粗重的喘息声，还有床、被子被搅进一场战乱时的响动。似乎，还有一种让人发晕的气味。

我感觉我的头在这些声音中渐渐变大，变成了一个胀鼓鼓的篮球，有火焰从我的眼睛里伸出来，烧出一种刺啦啦的声响。火焰把我眼前的黑暗烧成一片蓝色，秋秋和雾冬就在这一片蓝色背景下开始了他们的成人仪式。

仪式很热烈，仿佛充满了仇恨。

雾冬很粗暴，秋秋不断地发出短促的尖叫声。

秋秋说，你慌什么呀？慢点啊！

秋秋不知道，对雾冬来说，面前的这个猎物，是三个人的，他虽然是第一个享用，但他如果不先抢着啃下两口，他就不甘心。

后来，雾冬也尖叫了一声，紧接着秋秋也尖叫了一声。

接下来，我的耳朵里就塞满了一个男人挥洒力气时的粗重的喘息声。一直，一直，好像要没有尽头地挥洒下去、喘息下去。我突然挺讨厌我们睡房间隔着的这一堵篾墙太单薄，它对声音简直没有一点抵御能力。我扯过被子把自己蒙起来，想让声音变得弱一些，然而我没有成功。这种声音有着超常的穿透力，无孔不入。我决定还是回到火炉上去。我下床出了睡房，正好秋秋也从睡房里出来了。

秋秋开门看到岩影杵在面前，吓了一跳。转过头又看到我站在一边，忙埋下头顾自往外走，岩影却影子似的跟在她身后。秋秋回头，叫了一声大哥。岩影答应一声，说，黑哩。秋秋没理他，他还在犹豫是不是要跟上去，听到雾冬在里面干咳了一声，才把脚停下了。他又把一双被渴望灼得发红的眼睛投向我，我说，我们去火炉上烤火吧。他怪怪地跟我扯了几下脸皮，说，我要回去了。

秋秋上完厕所回来，还看到岩影和我站在屋中央，忙埋着头进了睡房，哐地关上了门。门的响声把岩影吓了个激灵，但他还往门那边紧挪了两步，好像想去把什么抢到手一样。

秋秋在睡房里说，你们的岩影大哥是个疯子？

雾冬没有作声。

秋秋说，问你啦。

雾冬这才说，他不是疯子。

秋秋说，我去上厕所，看到他在门口杵着，还有你弟弟蓝桐，他们怕是刚才在外面偷听哩。

我和岩影互相看看，就听到门里一阵吧唧吧唧的声音。估计是雾冬弄出来的，很响，像是炫耀，又像是提醒。

我对岩影说，大哥，回去吧。

岩影再一次朝我怪怪地扯了几下脸皮，默默地走向屋外黑暗的深远处去了。

我拿了一本书，躲到火炉上去。吸着酸酸的煤烟味儿，我眼睛盯着书面，脑子里却翻飞着雾冬和秋秋纠缠的场景。而且，幻影中的声音似乎比先前那些真实的声音还要响亮，还要刺人耳鼓。于是，我开始像在学校上早自习一样，举着课本，大声读书。我希望我的声音能把耳边的那些疯狂的声音赶走。我把自己弄得很累，很想休息了，然后又去了睡房。

我刚走进睡房就再一次跌进了那些简单的声音营造出的氛

围里,我想象不出这是他们的第几次战斗了。只听秋秋在说,你这人是饿死鬼变的呀？一端碗就要撑死才算。雾冬一如既往地喘息着,一直到强大的睡眠吞没了他的声音。

4

刚瞌上眼睛天就亮了,那边又传来一些细微的声音,天亮了就该起床做活儿了,这是庄户人家的习惯。习惯了,有多沉的瞌睡,到了这个时候都睡不着了,心里牵挂着这一天的第一份事。雾冬说话的声音像螺蛳虫一样绵软,又像风一样发着飘。他说,秋秋还睡会儿吧,还睡会儿精神就养回来了。秋秋说,你睡吧,我得起,我怕羞。雾冬说,怕啥羞呢？你是新媳妇啊。秋秋说,新媳妇就可以睡大头觉啊,可没这个规矩。又听到吧唧一声,不知道是雾冬还是秋秋弄出来的。

秋秋起了床,就该去厦房里找活儿干了。庄户人家,女人早上的活儿都是在偏厦房里。

在家里,天刚睁眼她就起床,不等洗脸就得去煮猪食,煮好了猪食,再洗了脸、梳了头,做饭。这个时候,我爸和我妈正一边清理着做酒借来的锅碗瓢盆儿,一边唠叨着这一天要做的事情。爸说,昨儿我跟岩影说好今天来替雾冬垒火炉。妈说,急哩,歇两天吧,秋秋第一天过来,第二天你就要分出去呀？爸说,迟早都是要分的,赶着办了好做庄稼。妈说,这下还得清理碗啦盆儿的，得还人家去。爸说，这事跟那事碰到一块儿也不打架，我们还我们的家什，岩影垒他的火炉。

秋秋在门口站了一会儿，深提了一口气才叫了声妈。不怪她，她已经好多年没叫过妈和爸了，更何况是突然要她管别人的爸妈叫爸妈呢。爸和妈都停了手里的活儿，用两秒钟的时间来看着秋秋。秋秋就又叫了一声爸。这一声叫过，就全活回来了，锅啊碗啊的响声又起来了，于是，秋秋也加入了这个活动。干着活儿，秋秋和这家人就完全融合了，像雪花和水。一个时间，秋秋跟我笑了笑。我从她那笑里读出了两个内容，一是她不讨厌我这个弟弟，二是她感谢我昨天背了她。

雾冬起来时是一双兔子眼，秋秋悄悄笑他的眼睛。正笑，又来了一双兔子眼，是岩影的。岩影来垒火炉。秋秋第一眼就看到岩影的红眼睛，岩影身上这个亮点让秋秋的眼睛在岩影身上多停留了一会儿，这样她就看到了岩影左边的空袖管儿和左边那只只剩下一个眼儿的耳朵。秋秋有了一秒钟的惊讶，然后，她充满同情地叫了一声大哥。

按照爸妈的安排，雾冬该和我一起去还做酒借来的家什，但岩影要垒火炉，雾冬就不去了，他说他得帮着岩影，垒多大，垒成啥样儿得他做主。我知道他要留下的真正原因，是因为秋秋被爸妈留在家里了。这会儿正是我们傩赐人抓紧时间翻地的时候，爸妈清理完了家什就要下地，把家里做饭煮猪食的活交给了秋秋。家里只剩下秋秋和岩影，雾冬即使是猪也不放心。按说，秋秋也是岩影的媳妇，雾冬不该多这份醋心。但这阵子秋秋是他的，他也就不能不多这份心思了。我没有醋心，但我也不想去还家什。实际上，我什么也不想干。自从不上学以来，我就变成这个样子了，懒懒的，总是在一种云里雾里的状态里。我没有跟我爸我妈说我不去还家什。我只是在他们下地以后，懒懒地坐下来，对那一堆被清理在一边儿的家什不管不问。

我们家煮猪食的灶在猪圈巷子里，秋秋一边煮猪食一边做饭，来来回回跑。岩影在堂屋那一边砌火炉，和秋秋隔着一间堂屋，可他却不厌其烦地老往秋秋这边来，总是，愣头愣脑地过来了，在秋秋看到他的时候才突然假装去喝水，或者探着脖子找东西。秋秋是个机灵人，一眼就把岩影看明白了。但秋秋不恼，秋秋是个女人，女人总是喜欢照镜子，而男人的眼睛就是女人的镜子。

秋秋昨天还很怵岩影，今天看到他是个残疾人，同病相怜，她不怵了，心里还多出了一份同情。有一回，岩影来到厦屋，没看到秋秋，正伸了脖子往猪圈的门口看，秋秋正好就撞上来了。两个人差点就贴上了，秋秋也没有生气。秋秋说，大哥，你找啥？岩影说，我找你呢。秋秋说，你找我做啥？岩影说，我问你，你是要好烧的还是要不好烧的？秋秋笑起来，说，肯定是好烧的啦！谁会要不好烧的呢？岩影说，就有人要不好烧的，她们怕好烧了，费煤。秋秋就笑了一会儿这些人，说，我不怕费煤，要个好烧的。可岩影还不走开，眼睛还粘在秋秋身上。为了让自己待在这边有理由，他又拿出皮尺量秋秋正做着饭的火炉。秋秋说，大哥你都量了两回了。岩影说，我记性差，没记住。

量着，岩影的空袖管儿就飘进了火里，一股煳臭味起来，秋秋闻到了，尖叫，大哥，你的衣袖！岩影忙用幸存下来的这只手捏灭袖管儿上的火苗，又把空袖管儿压进裤腰带里，跟秋秋笑。秋秋心里泛上一种温情，问，大哥，你这手，是咋的了？岩影说，挖煤的时候煤块掉下来打掉的，那煤块像刀子一样劈下来，把我的耳朵和胳膊全切掉了。岩影还想描述一下当时的情景，但雾冬在那边扯着嗓子喊，岩影不得不过去了。

我突然就笑出了两声。这两声笑代表什么，我自己后来也没弄明白。笑过以后我的表情还保持着先前的迷茫。我一直坐在火炉上一个最黑暗的角落里，看着秋秋和岩影不断地在面前晃来晃去，我觉得自己像一个稻草人一样空茫。他们似乎也把我当稻草人看了，走来走去就像看不见我一样。我的两声干笑引来了秋秋的眼神，她探过头，把眼睛睁到最大限度朝我看。她说，蓝桐你笑啥呀？我说，我也不知道我笑啥，突然就笑了。秋秋说，爸妈叫你去还家什啊，你不去会挨爸妈骂的呀。我说，我不怕骂。她说，你是不是哪儿不舒服？我说，我没有哪儿不舒服，这样蜷着很舒服。秋秋就跟我笑笑，忙自个儿去了。

岩影在我家磨蹭了一天，火炉才只砌了一半儿。晚上吃饭时我爸不高兴了，说，岩影你往回半天就能砌好的一个火炉，咋今儿个用了一天才砌了一半儿？岩影说，叔，往日我是两只手，今日我是一只手哇。我爸皱了眉头，不好说啥了。我妈看看岩影，又看看我爸，脸上表情复杂了很多。

吃着饭，我爸就说要开个会把家分了。我爸看不惯岩影的磨蹭，也看不惯雾冬赖在家跟着磨蹭。他说分了家，他自己耕自己的地，心里不闹得慌。我爸跟我妈生下雾冬和我两个儿子，但雾冬大了以后就当了道士，到处做道场，我又一直上学，他心里老是觉得很吃亏。

我们要分家，岩影觉得在这儿待着不大合适，饭就吃得慌张起来。我妈说，岩影你吃慢点，不慌。又不满地看一眼我爸，说，你那根肠子比鸡肠子还小。我爸瞪一眼我妈，终于还是没能做出什么作为，蔫了眼神儿，但他还是说起了分家的事儿。他不要民主集中，他是家长，一个人说了算。他说，这个家一分为二，一是雾冬的，二是蓝桐和我的。他心里把我妈和秋秋当成客居我们家的流浪人，这句话里就省去了她们。他说雾冬经常出去唱道场，就多给他分一些近的。哪儿哪儿给他，哪儿哪儿又给我。秋秋听着就去看雾冬，看过雾冬又来看我。她是听到我爸说多给一些近的给雾冬，心里不安。可在我们心里，这远的近的地，肥的瘦的地，今后都是秋秋的，就没什么争的必要了。秋秋不知道这一点，她说，爸，不要把近的都给我们。我爸看一眼秋秋，说，雾冬是个道士，常常往外面跑，你一个人做活儿，腿脚又不好，就这么定了。秋秋就又来看我，我没有看秋秋，分家这事儿我一样没兴趣，我甚至觉得，既然两兄弟女人都可以共用，那么土地还要分开就是故意做作。我心里轻视我爸的这种作为，就去看手里的一本书。书是我去年的课本，都给我翻得黑了、皱了，看着，头脑里还是一片如雾如云的东西飘着。秋秋看我不理会她，就把头埋下，静静地听我爸说话。

我爸说到了一棵树，这是一棵油桐树，每年都要为我们创下一点收入。这一棵树长在两块肥地中间的土坎儿上，我们傩赐的肥地不多，我爸不能太不公平，就把肥地平均分给我和雾冬。那么这棵油桐树就出了问题，给谁呢？我们傩赐，没其他树，只有油桐树。我们的地里，哪儿哪儿都是油桐树，哪儿哪儿多一棵、少几棵没个数，也没人计较，但这个坎儿上的这棵树太是问题了。它的树冠很大，既覆盖了上面的地，也覆盖了下面的地，绝对的中立。我爸不好武断，问我们怎么办。秋秋忙说，给爸妈和弟弟吧，我们不要。其实，给谁都会轮到秋秋去享受，既然秋秋都这么说，这事儿就按秋秋的意思定下了。

我们都专心分家，岩影什么时候走的，我们全都不知道。

那天晚上，他没有留下来听雾冬睡房里的那些声音。

那天晚上，雾冬睡房里的声音比头天晚上还要热烈。

第二章

5

头三天，他们辛苦而又快活地过过去了。接下来的事情，秋秋就该回门了。在我们那一带地方，回门是给新媳妇的一条退路。新媳妇到新家过了三天日子以后，今后的日子是否继续在这里过，心里已经有了谱。回门的时候，新媳妇自己有权决定留在娘家还是跟新男人回去。

傩赐离秋秋的娘家远，要去了又回来，得赶早就下山。

天才露出一种灰白色的时候，秋秋就起了床，在那边闹出了找穿着回门的衣服的动静。那天，她选的还是鲜红色，背上有一朵很大的牡丹花的那件嫁衣。她要雾冬也穿他的新郎衣，雾冬就真把娶秋秋那天穿的那件衣服套身上，跟她去了。

他们两个走了以后，我爸和我妈一直都在担心着同样的一个问题，那就是秋秋回门这一去，是不是还会跟雾冬一起回来。面对着同样一个问题，他们的表情却有着惊人的差异。我爸瞪着眼，好像他遥望着的前方正走来他的仇人。而我妈则把眉毛、鼻子用一堆皱纹埋起来，像有人正从她的背后捅她的心。刚吃过下午饭，我妈就不断地走到院子里，重复着她这一个表情。我爸看不惯她那种沉不住气的样子，说，老是看个啥呢？我就不相信她去了就不回来了。嘴上是这样说，毕竟我们庄上曾有过新媳妇回门去就不回来的事儿，我爸还是跟妈一样担着心。所以，他也时常蹭到院子里去瞧一瞧。

他们这样忙着的时候，我一直坐在屋后的竹林里玩着一只竹虫。竹虫浑身透着一种焦黄色，硬壳下那几页薄薄的翅膀已经被我撕下来，夹进了我的书页里。没有了翅膀的竹虫在我平端着的书面上徒劳地张合着他的翼壳，针一样的长嘴里不时发出嗡嗡的愤怒之声。可面对我这样的庞然大物，它也仅此而已。有一阵，我爸冲到我面前，飞起一脚将我的书踢飞起来。我去追飞走了的书，我爸的骂声就追着我。你他妈的别装成那死样子，你读你那破书读得老子背了一大坨的高利贷，你得打起精神来挣钱还债！我从地上捡起书来，书已经破了一页，还沾了好多泥。我的心晕了一下，但我还是没有发火。我爸为了满足我上学的愿望，的确已经在他头上筑起了很高的债台，就今年开始准备用于我继续上学最后又被他突然用来为我娶了媳妇的那一笔钱，仍然是他到集上去借的高利贷。我知道我没有冲我爸发火的资格。

我爸说，你也得学会关心一下你媳妇，得学会挣钱来养活女人和你自个儿了。我把头深深地埋下，表示他的话已经被我全部接收。除了这样，我再不能做出让父亲更满意的事情来。我知道我是不会像他们那样站到院子里去焦急地盼望秋秋的。可我爸并不满意我的态度，他硬把我拉出竹林，要我去接雾冬和秋秋，还做出一种我要是不去他就要吃掉我的表情。

我只好去。

我把书搂在怀里，极不情愿地执行着我爸的命令。我妈在后面喊我，拿了电筒去，回来的时候天该黑了。我站下来，等我妈给我拿电筒来。我爸就鼓着眼睛喊道，你不能偷懒啊，路上接不着，你得到秋秋家里去接。要是秋秋不回来，你也别回来了。我说，我不回来我去哪里？我爸瞪我一眼，说，你这头呆羊！

我接过妈拿来的电筒，突然想安慰一下老两口。我说，秋秋会回来的。

我爸眼睛一亮，说，那就快去接！

那个时候，白色的太阳站在对面的山尖尖上，雾已经变得如纱一样轻、一样薄，山啊、树啊、草啊、路啊，都蒙上一层朦胧的梦境之色。小路被枯草淹没着，曲里拐弯，像极了一条沉醉在幸福里的蛇。踩着这样一条小路，我的心情一下子就变得很好起来，像是心里装着好大一块名叫幸福的东西。回过头，想在这种心情下看看傩赐，就看到远处的山脸上，一垄一垄的掩隐在朦胧中的翠色。我知道，那是竹笼，竹笼下还有一户人家。又行了一段路，路正好往竹林边儿过，就看到竹下悠闲着几只鸡，几片枯黄的竹叶飘飘悠悠落下来，落到一只正打瞌睡的鸡背上，旁边的鸡无意间看到这一幕，咕地感叹；又看到了我，就大着嗓子咕了一声，还张开翅膀扑打，要飞的样子。瞌睡的鸡给呼唤醒了，起来伸懒腰……

我在路向着坡下直落下去的地方看到了雾冬和秋秋。

雾冬背着秋秋。

雾冬走得很艰难，一晃一晃的，随时都要倒下去一样，又像是故意这样逗着背上的秋秋。秋秋一身火红，在迷蒙的雾境中像山妖一样炫目而美丽，直看得我心里狂乱不已。

我心一烫，就朝着他们喊了一声，哎！

秋秋和雾冬同时抬起了头，他们看见了我。秋秋往下挣，雾冬却紧紧地夹着不让她挣。秋秋眼睛一直看着我这里，但她并没有坚持挣脱。雾冬还继续背着她走。他们一步一步朝着我走近。秋秋终于把头埋下去了，我看到的是她半个红得炫目的脸蛋儿，雾冬一头的汗水，摆在那儿的表情是幸福横流。

我说，我来接你们。

雾冬不看我，很炫耀很骄傲地背着秋秋从我的身边走过。

秋秋飞快地闪了我一眼，又把头埋下，轻轻跟雾冬商量，我下来吧？雾冬不理她，也不理我，顾自背着她往前走。秋秋又开始忸怩，要下来，悄悄说，蓝桐在哩。雾冬故意大声说，你是我的新媳妇哩，别人看到了也没啥。雾冬的手像老虎钳一样，越挣越紧。秋秋挣了几下没挣脱，只能任他背着走。

只是，她悄悄回过头来看了我一眼。那眼神看起来有些复杂，我还没来得及读懂，她就把头转过去了。然后，我从她的背影里看到，她在一种十分不安的情景中接受着雾冬的体贴，很有些痛苦。

我的前面，秋秋那一身火红，还有她背后那一朵硕大的牡丹，有着类似于阳光的气息，让我感动着。我想，秋秋做我的嫂子也很好。

两个山包挨在一起，把我们前面的路挤得很窄。两边山脸上是灰白的苞谷林，苞谷林上面，也就是山包的额头，是光光的石头，青一块，白一块，粗一看像张人脸，细一看却像张狗脸，再细看还是像张人脸，眨一下眼再看，就什么都不像了。

紧走慢走，总算把两个山包挤出来的那段路走完了，可一转弯又是一个山坳，还看不到房屋。

而太阳，不知什么时候已经从山尖尖上掉到山的那边去了。就像那一轮白太阳不过是一盏灯，灯一走，天就显不出颜色来了，连那种苍白的颜色也留不下来了。天，已经黑下来了。

迎面来了两个黑影，一个人和一只狗。这一次，秋秋慌忙中用了大力气，从雾冬背上挣下来，还把头埋到最大限度。

人和狗走到面前，原来人是岩影，狗是岩影的黑狗。

雾冬说，是大哥。

秋秋低着头，羞羞地叫了一声大哥。

秋秋只知道岩影是她的大伯子哥，不知道他也是她的男人。

秋秋觉得让大伯子哥看到自己被雾冬背着很不好意思。

岩影说，我来接你们，怕天黑了你们不好走路。

雾冬说，不是有蓝桐来接吗？雾冬的语气里透着很多不高兴。

岩影不管雾冬高不高兴，还说，秋秋，来我背吧。

秋秋飞快地看一眼岩影，脸轰地一下热得像块烧红了的铁。在这蒙蒙的夜色中，面前的这个黑脸男人很有可能看不到她脸红了，但她的头仍然艰难得抬不起来。我们这地方的规矩，兄弟背嫂子名正言顺，大伯子背兄弟媳妇就是笑话了。岩影也是眼馋我和雾冬都得以背过秋秋，不服气，也想背背秋秋。他心里并没把自己当秋秋的大伯子，完全当个秋秋的男人看的。可秋秋心里把他当大伯子，这事儿就遇到了困难。

岩影说，来，我背吧，秋秋。

秋秋把头摇成拨浪鼓，身子还往雾冬身上贴。雾冬毅然地说，我一直都背着她哩，这里路已经平了，让她自个儿走吧。雾冬可以不把我当回事，因为我是他亲弟弟。但岩影跟他隔着一层，还是大哥，他不能像对我一样无所谓。

黑狗看秋秋的头很低，跟她摇尾巴，眨巴着眼睛跟她呜呜几声。秋秋就从黑狗的身边走过去，一个人朝前走了。

黑狗看一眼岩影和雾冬，跟在秋秋身后迈开了脚步。于是，雾冬跟上黑狗，岩影跟上雾冬，我跟上岩影，四个人，一只狗，踩着一条狗肠子一样的小路，朝着家的方向走。

山开始显出墨一样的颜色，有竹的地方像更浓的墨巴。四下都很寂然，越往深处走，眼前就越黑，我们像是在朝着一个黑洞走。岩影将带来的手电打亮了，高高地举着，努力把光束伸到秋秋的身边去。我也打亮我手里的电筒，也高高举着。接着，那些墨一样浓的地方，就有了如豆的一点光，像野兽的眼睛一样温情地看着我们。

听到有灯的地方响起两声干咳，我们就到家了。

院子里站着两个人，是我爸和我妈。

6

秋秋总算安全地出现在他们面前。

我爸我妈都松了口气，还无缘无故的，像白捡了个大宝贝一样地高兴，那脸上的笑意想掖都掖不住。虽然已经分过家了，但雾冬和秋秋第一步跨的还是我们这边的门槛儿。我爸妈心里很想来一个庆贺的表示，就都想到了烧油茶。爸说，烧一锅油茶来吃，好久没得吃了。妈说，还用得着你安排呀？很像斗嘴，却不一样，两个人脸上都松着，心里也暖着。

我妈开始在火炉上营造一股浓烈的香味。那是傩赐人的油茶才有的香味，独一无二的香味。秋秋闻得发醉，手忙脚乱地想掺和，却无从着手。我妈说，就让我做一回油茶师傅吧。我妈高兴的时候也想在气氛中弄出点幽默，可是生活却总喜欢在她高兴起来的时候给她一个迎头打击。

陈风水来了。

我们傩赐人谁都不讨厌陈风水，但就是怕他往家里来。

由于我们傩赐这地方跟别的地方不一样，陈风水这个村主任也当得跟别人不一样。傩赐人住得零散，召集开个会很难，于是他就一家一家地走。他每要传达一个什么比较紧急的指示，就这么一家一家地走。一开始，傩赐人觉得他这个村主任当得累，感动。后来就是怕，怕他来。

陈风水这样走的时候总是带着他的狗。狗是土狗，毛是黑的，黑得发亮。这只黑狗和岩影那只黑狗是同胞兄弟，是几年前的一个中午，陈风水从山下的小路上捡来的。但岩影那只黑狗却没有这只黑狗长得高大，毛也不如它的黑亮。

陈风水一脸土黄色的皱纹在我们得了黄疸肝炎一样的电灯泡下面，显得很柔和。他进门时就挤着这一堆皱纹看着我们嘿嘿几声，这是他的招呼，到哪家都一样。这样过后，你可以不招呼他一声，但他是要坐下来的。这么些年走过来，那些礼节性的东西自然就被大家忽略了。他坐下来，就要说话了，说的不是他的话，是“上面的人”的话。傩赐怕的就是听这些话。

他说，要修公路。从王家那儿往我们这儿修，不过只修到李家门前。

都不接他的话，因为都知道他下面的话。

他说，上面要集资，傩赐庄一个人头五十。

我爸吓着了，眼睛恨不能把陈风水吞下去。他说，那公路又没修到我们这儿，为啥要我们集资？！

我爸的样子把陈风水的黑狗也吓了一跳，可陈风水却依然风平浪静。他等我爸的眼睛中的火渐渐地熄下去以后，才说，我也是这样说，可上面的人说那公路是从这边来的，傩赐人去赶个集什么的也是要享用的。上面的人还说这钱不交不行。

我爸这才想起把一两张草烟叶递给陈风水，可一说话仍然是要鼓眼睛的，让人觉得他的嘴巴上有个机关，嘴一动那眼睛就要鼓。我爸说，他们就知道收钱，也不看看我们这地儿，庄稼长不好，又不生银子！

陈风水很有同感地叹一口气，把头低下去，伸出长长的手去抚摸他的狗。再抬起头来时，已经是一脸的惭愧，好像是他要我们交这钱。他说，不光这个钱哩，还有。这时候，我妈的油茶已经烧好了，香喷喷的一碗递到他面前了。虽然我妈默不作声，但脸上不好看，但陈风水不会把这看成是我妈不高兴让他喝这碗油茶。他一直都认定，他在这个时候看到的黑脸都是针对上面的人的。他默默地接过油茶，噘起嘴喝上一口，咂咂嘴，很享受、很迷醉的样子。完了他又说，妈的，还有教育费附加，学校建设集资，这会儿一次性收。一个人头要摊好大一坨哩。我爸不再鼓眼睛了。他被这一笔看不到来源却必须要上交的款项打击得连鼓眼睛的力气都没有了。

陈风水喝着油茶，脸上的表情由一些土黄色的皱纹扭来扭去演绎着，有些迷离。

他说，一年算下来，我们一个人头把一身血肉都剐干净了还不够往上面交。这句话他常常说的，而且都是在这种时候，说的时候感情真挚，跟其他傩赐人流露出来的表情是没有区别的。但紧接着他又得换上副很无奈的样子，也是一种无奈的语气说，可是，人在屋檐下，不得不低头，上面要交的我们不能不交是不是？我们不是瞒着一层吗？只要上面睁一只眼闭一只眼，我们不是要比别的地方的人交得少吗？要是我们闹，不交，或者少交，上面的人把两只眼睛都睁开，来我们这里走一趟，我们村里这些没户口不交公粮不上税的黑娃不就得一个个都给查出来，到时候我这个村主任当不成事小，这些娃呢？你们呢？

这些话都是很起作用的。

这些年来，陈风水瞒天过海，让村里多了许多"光棍"和"亲戚的娃"，他们不上公粮不交税，也不集资摊派。这笔账傩赐人个个会算。

陈风水说，这一回，我看秋秋这个人头就不算了。你们就当现在还没娶秋秋，这事儿我知道你们知道就行了。

这话听得我妈脸上起了一丝软和，就往他的碗里多添了一勺油茶。

陈风水很自然地接受了这一勺油茶，又说，我还得叮嘱你们，雾冬跟秋秋的准生证别忙着办，到时候有了娃再办不迟。这话他也是对庄上很多人叮嘱过的，话到这份上就谁都明白了。

两三个男人共娶一个女人，保不准先怀上谁的娃，如果到时候怀的不是登记办结婚证的那个男人的娃，这个娃就不能办准生证，生下来也上不去户口。这个娃在傩赐庄像一棵草一样生长着，傩赐人对山外人说起他的时候，都说他是“亲戚家的娃”或者“抱养的娃”。

陈风水说完了这些话就一口气喝完了碗里的油茶，带着他的黑狗走了。我爸和我妈把他送到门口，脸上虽然黑着，嘴上却关心着他路上电筒够不够亮。

秋秋就在这个时候突然忍不住笑起来，雾冬问她笑啥，她说，那准生证早办迟办有啥关系呀，看他说得那么严重。秋秋的眼神告诉我们，她认为这个村主任是为了讨我家油茶喝才故意说那些话的。这种眼神出在秋秋眼里，在场的人没有理由责怪她。而且，作为爸妈和已经当家了的雾冬来说，眼前要交的钱才是他们心里的块垒。

我爸把眉眼挤成一团，我妈也把眉眼挤成一团，雾冬也学着他们的样子。我从他们挤成一团的眉眼下面看到一场混乱的痛苦的骚动，那些白色的、红色的，还有紫色的思想躁动着挤来挤去，都张大着一双双没有眼珠子的空茫的眼睛在询问，哪里有钱？哪里有钱？我突然感觉到心晕了一下，于是，我也把眉头挤起来。秋秋看全都挤紧了眉，犹豫着也把眉头捏一起了。

突然，我爸说，卖一只猪？

我妈突然说，卖啥也不能卖猪，两只猪都长成架子了，长长就成了肥猪，到时候再卖好歹比这会儿值钱哩。

我爸的眉眼慢慢散开，问，那卖粮食？

我妈说，哪还有粮食卖？你要让我们饿死？

我爸的眉眼就突然炸开了，说，那拿什么去换钱？难道把我拿去当狗卖了？

7

看不到白太阳的时候，我们傩赐的雾，比奶还浓。都应该是太阳升起一尺高的时候了，可傩赐还被泡在浓浓的雾里。公鸡都唱了好几遍了，可它只是唱，并不出圈来。雾不开，它的眼睛又不好，它明白出来也找不着吃的。傩赐人起来，双手乱舞一阵，想把雾撕开一点，可雾又轻得如烟，抓握不住。

爸扯着嗓子喊我起来下地，把我吓了一跳。我并没有深睡，秋秋来了以后我就睡不深了，其实爸用不着那么扯开嗓子喊。可我爸就这德性，一开口那嗓子就大，像他的喉咙里安装的是一只喇叭。

我才出睡房的门，爸就扯着嗓门喊我快扛了犁跟他走。我不高兴，说我还没洗脸哩。爸听了火就起来了，说这大雾天的，谁看得见你的脸啦！我不喜欢爸这样的理论，正想说点啥，秋秋来到我面前了。秋秋跟我站得很近，近得我都能闻到她身体的香味儿了。她神秘地跟我说，你等着。说完她就带着她的香味去她的睡房了。我正茫然，她又出来了，往我手里放了一把糖果，朝我纯粹地笑笑，轻声说，还有哩，我都给你留着，去吧。天啦，她完全把我当一个不醒事的弟弟了！我好一阵儿不知所措，脸上热一阵冷一阵的。

分家以后，秋秋也得下地了。我不知道她那样子到了地里，干活该有多艰难。我们傩赐庄除了村主任家，其他的都没有牛，犁地全靠人，一人当牛在前面拖，一人在后面把犁。傩赐的地也不像山下的地那么平整，全是坡地，我想秋秋下地拖犁不行，扶犁也是很困难的。不行也得去做，在我看来是一件十分残酷的事情。我觉得秋秋现在已经面临一件十分残酷的事情了，我心里很想帮她一下，但一时又不知道该怎么帮。我一直被我爸叫作呆羊是有道理的，因为我爸但凡看到我，我都是一副懒懒的、呆呆的样子，尤其是他自作主张为我娶了秋秋以后，我就显得更呆、更懒。我爸对我很失望，虽然吆喝着让我起了床，却对我去帮他下地干活并不抱太大的希望。看我还在慢条斯理地洗脸，他就叫上我妈往地里去了。临走时，他气哼哼对我说，把屁股洗完了就赶紧来啊！

我爸是个粗人，不懂得尊重他的儿子，竟然把他儿子的脸说成屁股，我心里很生气，就断了下地的想法。倒是很想跟着秋秋他们下地去，想去看看秋秋怎么艰难地对付地里那一套活。

这么想着，我就悄悄跟在秋秋的后面了。

雾浓得使人看不到五尺远，我跟在秋秋后面，正好保持着秋秋不注意就发觉不到我的距离。有一阵，我感觉到自己这么偷偷摸摸跟在秋秋后面很不光彩。但想到雾冬就走在前面，雾冬不光不会领我什么情，反而会讨厌我，又觉得自己在这么一种情况下还勇敢地去关注秋秋应该算得上崇高。

这样想，脚下就执着了，还一直跟着秋秋，决定跟到地里。

秋秋一直在我前面，她的步态把雾划拉成一些慌乱的烟。

雾冬右肩扛了犁，左手反回来拉着秋秋。下地的路细得跟毛线一样，又是雾障着眼，雾冬怕她摔着。秋秋走得很幸福，嘴上的话就很多。她说，这么厚的雾我从来没有见过。雾冬乐呵呵笑几声，说，傩赐是在天上嘞，你原来是在人间，哪能看到？秋秋说，还有你们这里的太阳也跟我们那里不同，是白的。雾冬说，天上有两个太阳，有一个红的，是个火球，那是给你们的。有一个是白的，是个冰球，是给傩赐的。秋秋咯咯笑起来，说雾冬乱说。雾冬也笑，默认自己是在乱说。秋秋又问，雾冬你就是在这种天气里生的吧？雾冬说不是，我是在冬天里生的。秋秋说，是冬天里的一个大雾天生的吧？雾冬说，不是一个大雾天，听我妈说，生我后那一个月里，天天大雾，满月后我就叫雾冬了。秋秋在后面大喊，天啦，一个月都是这样的大雾？雾冬哈哈笑起来，说，这不奇怪，傩赐这地方，最富有的就是雾，要是哪个冬天没雾了才奇怪哩。秋秋说，冬天有雾不奇怪，怎么现在还有啊？我们下面春天都要过完了，这里怎么还像冬天啊？雾冬说，我们傩赐跟你们下面不一样，我们这儿一年有三个季节都是冬天。

秋秋吓着了，站下来不走了。雾冬回过头来，把脸凑近秋秋的脸，看清秋秋害怕了。雾冬说，你怕啥？这样的天气，人长寿哩。秋秋说，早有人说这里不是个好地方，看来还真不是个好地方。雾冬说，谁说这地方不是好地方了，我们傩赐可是好地方哩，来吧，不想走了我背你。说着就蹲下身，把背给秋秋。秋秋说，你好好走吧，扛着犁哩。雾冬左手一环，把秋秋搂上背，背了起来。一边走，雾冬说，我是牛哩，这会儿让你骑，过会儿还要犁地哩。说完，自个儿先笑起来。秋秋可能觉得人当牛犁地的确好玩儿，也跟着咯咯咯笑起来。

我心里突然酸了一下，像给呛了一口醋。我想这会儿欢欢笑着的秋秋走到地里，在那一套自己把握不住的农活面前就该是一副哭相了，我替秋秋难过。

说到就到了，我看到雾冬放下了秋秋，放下了犁。这雾很厚，但他又有着一面墙所没有的透明度，如果你真有心让自己的视线穿透过雾障，那它也不会让你太失望。我在一个比较安全的距离里躲起来，它正好成全了我的窥视，却又让粗心的雾冬和秋秋蒙在鼓里。

我看到雾冬架好犁，要秋秋把着。秋秋说自己从来没把过犁。她让我看到了她既新奇又担心的模样。雾冬说，这个又不是什么高科技，干一会儿你就上手了。雾冬太不把秋秋的身体残疾放在心上了，我很想走上去做点什么，比如阻止雾冬让秋秋把犁之类。但我只把屁股抬了抬，我没有那样做。

雾冬把本该套在牛身上的绳子套到自己肩上，说了声开始，就往前拖。使了一身牛劲儿，身后却轻得像风，雾冬就把自己趔趄到地上啃土去了。秋秋笑得直不起腰，脚下一歪，倒地上了。雾冬生了一秒钟的气，后来也趴在地上笑得起不来了。

我发现自己把现实想象得太严重了，原来快乐是可以化解一切残酷现实的。接下来的事实更是证明了这一点。

重新架上，雾冬教秋秋用力按着犁，让犁头杀进地里去。秋秋听他这么一说，又忍不住大笑起来，大概是雾冬一趔趄扑棱到地上啃土的镜头忽然一下又回到了她的眼前，她想不笑都不行。看秋秋笑得直喊肚子痛，雾冬也跟着再笑了一回。笑完后，雾冬干脆不起来了，坐在地上说要歇会儿。秋秋说，得干活呢，快起来，我们犁地呀。雾冬说，不行，我的劲都给笑没了，得坐会儿，等劲儿全回来才行。秋秋说，你这头懒牛。说完又顾自大笑起来，这下没笑几声她就颠进了深厚的雾里看不见了。雾冬喊，秋秋去哪儿啊？秋秋不答应。雾冬又说，你撒尿还背着我啊？秋秋还是不答应，可是她却又像仙女一样从朦胧中渐渐显露出来了。她手里拿着一根细长的树枝，颠着腿来到雾冬跟前，要举树枝抽他，说你这头懒牛快起来干活。雾冬就学一声牛叫，腾起来抱住了秋秋。他把秋秋按到地上，要脱秋秋的衣服，秋秋又是尖叫又是大笑。秋秋喊，你这头疯牛，这是在地里！雾冬说，有雾哩，这雾比蚊帐还厚哩。秋秋说，不行不行不行，你别疯。雾冬说，我已经疯了，我疯了。到此，雾冬已经把秋秋的衣服解开了，嘴已经咬住了秋秋的奶子。秋秋不再挣了,软成了一条死鱼。

但是,这里是地里。她轻轻地说。

雾冬说,这地是我们的地,没人会来这里,再说,这雾遮着,安全得很。

秋秋说,那你快点儿。

这地自年前收了苞谷棒子后就再没耕过。地里铺着一层枯死的草,秋秋就睡在这层草上面当地让雾冬犁,竟没有因为硌人或者冰冷而叫苦。

或许是天地宽了,或许是有雾的保护,雾冬比在睡房里干得更透气更放开。不光动作牛气,还啊啊啊直叫。叫过了还问秋秋,好不好啊秋秋?嗯?秋秋好不好啊?!秋秋一直咬着牙,不敢放开嘴。我想她是怕一不小心,她那些在胸膛里争着往外挤的呼喊声就逃出来了。雾冬哇哇乱叫一气,像杀一个仇人一样咬紧牙往秋秋身体里凿。于是,秋秋的尖叫声终于冲破了她的牙堤,冲出来了。

疯牛啊!她喊。

她这一声击中了我,从我的前胸到后背,透透地穿了一个洞。有一瞬我感觉我是在梦中被一颗来历不明的子弹打中,我中弹的时候秋秋正好喊出了这一声。我用手捂着胸口,看见一股黑血从手指缝里慢慢流出来。然后,我的眼前一黑。

后来,我捂着狂乱冲撞着的胸膛,对自己说,你看清楚了吗?没有,你看到的只是一个梦境。

浓雾把他们的身影变得那么模糊，那的确就像是一个梦境。但浓雾挡不住声音，使那个梦境又显得那么真实。

雾冬问秋秋，你刚才为啥要喊疯牛？

秋秋说，你本来就是一头疯牛啊。

雾冬嘿嘿笑几声，说，以后，你就把我当牛使吧，我就是你养的牛。

秋秋说，是水牛还是黄牛啊？

雾冬又露出一种挑逗的笑来，说，你看呢？

秋秋说，我看你是水牛。说完，自己咯咯咯笑起来。

秋秋说，犁地哩，牛。

雾冬就霍地站起来，朝着秋秋哞儿一声，走过去拉起了犁。

秋秋扶住犁问，使劲往下按吗？

雾冬说，是，让犁杀进土里去。

秋秋便使劲按着犁，雾冬这边，一条腿向前弓着，一条腿向后蹬着，身子往前倾着，脖子拉长了，犁就动起来了。秋秋扶着犁，虽然脚下有些颠簸，但犁走得很好。犁一走，地就裂开了一道伤口。土一块一块地翻起来，像一片一片的充满着渴望的潮润的嘴唇。

我想，秋秋做得很好，我也该走开了。

第三章

8

我站起身离开时，突然觉得心发慌，仿佛饥饿了很久。我想我还是回去，回到我那张床上去躺着吧。在那里躺着，闭上眼，让灵魂喜欢去哪里就去哪里，是一件很美好的事情。

我飘飘地回到家，回到我那间因为雾的笼罩而大白天也黑得如夜的睡房里，随手抓了一本书在手里，坐上床沿，用脚踢蹬掉鞋。我准备躺到床上去了，突然又对隔墙多起了心思。我想篾是软的，那么原来的缝就可以人为地变大变宽。我疲软的身体陡然间兴奋起来。我在篾墙上创造了好多比指头还宽的缝，我把眼睛堵上去，试验着第一条缝的可视度。我为即将来临的这个晚上激动得发晕。

外庄死了个人，有人来请雾冬去做道场。

我说，雾冬在地里哩。

那人说，那你去帮我叫叫他。

那人在我家院子里等着，我帮他去叫雾冬。

我走到雾冬的地里的时候，他和秋秋正搂坐在一起歇息。他们并没犁多少地，但他们却显出一副很劳累的模样。秋秋闭着眼窝在雾冬的怀里，那一脸的慵懒，让整个上午都萦绕在我脑子里的那个活生生的、惊心动魄的场景又变得清晰起来。秋秋的脸在我面前开始变幻出各种各样的表情，还有声音，那一种说不清是痛苦还是兴奋的呻吟声。我的头又开始变大，眼睛又开始发晕。我挥了一下手，朝他们喊了一声，哎！

我的喊声吓了他们一跳，搂在一起的身体忙散开了。雾冬仇恨地问我，你来干什么啊？我说，我来替你犁地，有人来请你去做道场。

雾冬不仇恨了，却还是不高兴，问我，哪庄死人了？

我说，小羊庄。

雾冬说，小羊庄啊，那么远，我不去。

我说，以前你不怕远的啊，你不想挣钱了？

雾冬说，小羊庄太远，晚上回来费劲儿哩，你去回信说我不去。

雾冬大概从我的眼神里找到那种特殊的渴望了，他在自己的眼神里多加了一些仇恨，表明他明白我要他去做道场就是为了争夺一个跟秋秋在一起的机会。我说，你要不信我走就是了，但我并没有走。

雾冬也就还是用不信任的眼神看着我。

我说，你眼下不是需要钱来交上面的款子吗？不要把这个挣钱的机会放过了。

雾冬还是挤着眉头，模仿着妈焦虑时的样子。

我知道雾冬很担心我趁机在秋秋身上打主意，又舍不得放下这个挣钱的机会。我说，你放心去吧。这么说着，我还故意让他看到我眼睛发呆的模样。

但雾冬还是说，我不想去。

雾冬不去我也没法，我不是他爸。我只能从一份体谅出发，尽可能地跟他磨嘴。

我说，晚上回来费劲儿，你晚上不回来就是，你以前在外庄做道场晚上也没回家，你又不是大姑娘，大姑娘在外面过夜才怕别人说闲话，你怕个啥？

我知道我磨上一天都没用，但我知道只要我在这儿磨，那边等着请他的人就着急。别人一着急，就会找到地里。别人亲自来地里请他，他肯定就不好说不去了。

雾冬说，你不要管我的事儿，你快回去跟那人说，叫他另外请人去。

我把目光冲着秋秋，说，秋秋，你劝劝他吧，这人肯定是脑子喝了风，出了气儿了，要不怎么连钱都不想去挣了？

秋秋笑起来，说，真的哩，你去吧，蓝桐帮着我们犁地就是了。

雾冬突然对我凶起来，说，我不去，你耳朵聋了，你没听见吗？

雾后面爸的声音突然砸过来了，你不去！你妈的准备干啥?！我爸是个唯权是命的人，什么时候都要显示出他的家长威风不可。在我们看来，雾冬已经另立家门了，去不去做道场本来是雾冬自己的事情，但在他看来却不是。

爸说，人家等了你半天，都找到地里去了，你以为你是哪尊神啊，这方圆地儿里只有你一个道士啊？你这回不去，下回别人就不请你了，到时候你学个手艺来搁屁！

雾冬还做垂死挣扎，说这地要犁哩。

爸一听来了火，说，这地不是有我们帮着犁吗？没分家的时候，你不是也三趟四趟往外跑，那地不也犁完了？

雾冬在爸面前像个被端了底的罪犯一样蔫巴着。

爸说，快去！要不你拿什么来交款子？

雾冬看一眼秋秋，蔫巴巴地走进了浓雾里。

爸跟在他身后，像赶牛一样盯着他的背。爸的声音雾挡不住，我们听得清清楚楚。爸说，我知道你贪婪跟媳妇那事儿，我也年轻过，我会不知道？可挣钱的事也不能误啊，是不是？也就是两三天吧，最多四五天。你休息好了，回来抓紧做就是了。那事也就跟庄稼活儿一样，隔拉个几天误不了季节的……

听着这些话，我脑子里突然就进来一些想法，火红色，由内至外烫着我的身体。我紧紧地盯着秋秋，我把我的思想赤裸裸地放置在目光的前梢。可秋秋却看着我的样子大笑起来，说，看着我干啥？不认识嫂子了？又说，快拖犁去，完了回去我有糖给你。我很失望，我说我都十八岁了，你看我胡子都长黑了，我要的不是你的糖果。秋秋就更开心地笑起来，说你这会儿跟那会儿完全是两个人，笑过了、说过了又叫我快去拖犁。我很想说，刚才我都看见你们做那事了，我也想跟你做，但是我没敢说。

雾冬突然又跑回来了，他把我拉到一边儿，仇恨地盯着我，沉着嗓子说，你小子放明白点，这个月秋秋是我的！不准你动想法！

雾冬太过分了。我突然觉得我正做着的这件事是多么没趣，我的思想跳了一下，似乎想跳出这浓浓的雾障。我的脑子里这时出现了一阵翻动书页的声音，哗啦啦，但只一会儿就消失了。我听到秋秋在问雾冬跟我说啥了。我说，没说啥，他怕我耍懒，叫我把地犁好。秋秋说，不听他的，你肩头还嫩哩，哪能跟他比，我们玩着干。

秋秋的声音像一根温柔的手指，撩拨得我心里咚咚几声，心思就回来了。我用一个成年男人的心思，在爱慕里充满了情欲。但秋秋故意装傻，非要一门心思把我当个未成年的弟弟，这让我有些扫兴。不过扫兴归扫兴，近距离跟秋秋在一起，我的身体就凭空多了些积极性。我对拖犁投入了从未有过的热情。

一边犁着地，秋秋问我，我们家为啥不养一头牛啊？

我说，你知道买一头牛要花多少钱吗？

她说，大的千多块，小的几百块。

我说，就是。

她说，也是，我娘家也没牛，但我们到了要耕地的时候就去借牛，或是租牛。

我说，我们庄上，除了陈风水村主任家有一头牛以外，家家都没牛，借也没处借。

秋秋说，可以几家人凑钱买一头牛的，大家轮着养，要耕地的时候轮着耕。

天啦，这多像我们傩赐人娶媳妇呀。我差点告诉她，我们这地方娶媳妇就是用这种方式的。但我终于没说，这件事又不是什么光彩事儿，提起来没劲。

我说，我们傩赐男人就是牛呢，一年的地都是我们自己耕的呢。

秋秋说，一头牛顶十个人呢。

我想她说得真对，要是牛，哪会像我这样容易累呢？但是我不能说我累了，我不能歇下，我心里有一股劲推着我，要我一定要拼一股牛劲儿在秋秋心里留下个特好的印象。

我拼着劲儿拖了好几个来回，一块地去了一大半，比他们半个上午干的都多。

秋秋说，歇会吧，蓝桐。

我的汗水滴滴答答往地上淌，我的肩头还火烧火燎地疼，但是我说，不累，紧着把这块犁完了就回家做饭了。

秋秋说，你比牛的劲儿还大。

我说，我顶十头牛哩。

那天，我奇怪自己体内哪来那么多力气，除了吃中饭没使劲以外，一个整天我都使着牛劲儿拖着犁，一直到雾变成灰黑色。

秋秋说，我们歇了吧，天都要黑了。

我不怕天黑，我还希望天早一点黑下来呢。这天我一直在幻想着也能和秋秋在这块地里做一回那种事情。拖着犁，我眼睛看着地下，有时候看到的就是我和秋秋交欢的景象。也就是这些幻境，让我身体里源源不断地生产出力气，支撑着我的肩头。

秋秋不扶犁了，走到前面来，用她的衣袖为我擦汗水，还剥开我的衣服看我的肩头。看到有一块血红色的伤痕，她用嘴为我轻轻吹着。从她嘴里吹出来的风凉凉的，让我感觉到一种特别的惬意。天啦，她离我那么近，我差点要晕了，我真想就势把她搂进怀里，把她搂化。可是我的手却那么不争气地发软，我的腿也是那么不争气地发着抖。我不知道我是怎么了，秋秋嫁过来那天我不是还背过她吗，当时我怎么就没发软发抖呢？

秋秋说，看你累的，走吧，我们回去，我做好吃的给你吃。说着秋秋就扛起了犁。我的劲儿突然又回来了，我抢过了犁。

秋秋疼爱地看我一眼，往前面走了。

雾就像一个垂死的病人，脸一旦出现死灰色，就只剩下一口气了。好像是在一眨眼间，雾就像一顶黑罩把我们罩着了。

我说，秋秋，来，我背吧。

秋秋说，我能走哩。

我说，这路你没我熟，我背你吧。

秋秋说，你别逞能，嫂子重哩。

我说，我顶十头牛哩。

秋秋说，你就是顶二十头牛这会儿也累了。

正说着，秋秋脚下崴了一下，差点儿摔了。我抢上前，硬把她搂上我的背。秋秋却咯咯直笑，说，哪有你这样当弟弟的。我开玩笑说，哪条田坎不长草，哪个兄弟不爱嫂啊。秋秋就在我肩上轻轻擂了几下，还伸嘴在我耳朵上轻轻咬了一下。我大脑轰的一声，全身烧得像一块火炭。可我的背却感觉到秋秋的心跳很平稳，她还是没把我当成熟男人看。

9

回到家，秋秋打水让我洗脸。看着我洗完脸，她又变魔术似的拿出一把糖果。我说，我不要，我都是大男人了。秋秋笑起来，说，你哪能算大男人啊，拿着吧。我很恼火秋秋故意不把我当大男人看。我生气地说，不相信你试试。秋秋忙说，是是是，你是个大男人了，要不今天怎么能拖那么多地呢，拿着吧，大男人，这可是我出嫁时找我大哥奢侈来的，不要就没有了。

秋秋把糖果揣到我兜里，又要看我的肩头。她没征得我的同意就解开了我的衣服。她的脸离我的脸那么近，她的气息打着我的脸，她的手触到了我的皮肤。我的心头渴望冲撞，可除了脸红心跳，其他什么也不敢干。她往我肩头上被绳子勒出的一条一条紫痕上涂一种药膏，嘬起小嘴呼呼为我吹气。说，看你，还是个学生呢，哪有这样拼命干活的道理？

这天，秋秋还为我煮了四个荷包蛋。分家分给他们两只母鸡，这两天只凑了这四只鸡蛋，她全给我煮了。我说，你也吃一个吧。她说，我不吃，你全吃了吧。我说，我喂你一个吧。她笑起来，真把嘴伸过来，把我喂过去的一只鸡蛋吃进了嘴里。看着她一边笑一边鼓着嘴嚼鸡蛋的样子，我真想往她脸上啄一下，可是我没有。看来，我除了敢背她以外，其他的什么都不敢做。

妈叫秋秋跟我们一起吃饭，可秋秋却做了饭要我跟她一起吃。我也乐意单独跟秋秋坐一起，就留在她这边了。这样吃着饭，我就有了跟秋秋是夫妻的感觉。这种感觉有些缥缈，像悬浮在空中的雾。我想让这种感觉变得有质感一点，就有了一个想法，那就是趁雾冬不在，跟秋秋单独在一个房间里待待。为了这个愿望的实现，我利用吃饭的时间做铺垫。我说，秋秋你见过鬼吗？

秋秋愣着眼问我，你见过？

我说，我们这里鬼很多，我当然见过，还不止见过一回呢。

秋秋脸色刷地一下白了，目光发直，脖子发硬，就像她身旁真站着个鬼一样。她声音抖抖的，却故作镇静地说，你哄嫂子吧？

我从来没叫过她嫂子，可她总要自称嫂子。心里有了点不高兴，我就从脸上露出来，但我说的却是跟这不高兴无关的话。我说，你怎么不相信我呀？秋秋忙说，我相信我相信。又说，别说这个了，嫂子胆小。

我说，鬼有什么好怕的，有一天晚上，我在路上碰到一个吐着舌头的鬼，我也跟他吐舌头，倒把他吓跑了。秋秋吓得差点摔了碗，眼睛忙往门口看。我看她脸都吓青了，忙说，门关着哩，鬼进不来的。秋秋放松了一点，我又说，鬼是一股风，从瓦缝里都可以进来。秋秋吓得忙去看屋顶。我觉得差不多了，就不说鬼了，说其他的。

我说的是一些听来的笑话，秋秋听着听着就从刚才的恐怖情绪中走出来，脆脆地笑。秋秋一笑起来，我就忘了说话了。我迷醉地听着她的笑声，头脑里有一些紫色的晕斑往外飞，飞到混沌的雾里，汇成一片迷茫。我又抓握不住自己的思想了。

秋秋开始睡前的洗刷了，我脑子里一片一片的雾状的东西沉了下来，我悄悄跟她说，雾冬不在，你要是害怕就喊我。秋秋笑笑说，怕啥呢，我不怕。

经我这么一提醒，秋秋说不害怕是假的，连睡觉都开着灯。

我妈过来看到秋秋睡房的灯还亮着，喊秋秋，问秋秋为啥睡觉了还不关灯。我妈很节约，这样浪费电是要讨妈烦的，秋秋只得关上灯。妈一走开，我就摸出门，到屋后面学起了鬼叫。我怪声怪气，又是哭又是叫的，连我自己听着都鬼气森森。叫一阵，我估计秋秋已经给吓得差不多了，又摸了回来。秋秋睡房里亮着灯，我从篾墙上选了一个较宽的缝，堵上眼睛往那边偷看，看到秋秋把被子捂过头，蜷成一个茧壳。或许这些叫声在她的脑子里形成好多幻象，一些鬼会站到她的床面前，吐出长长的舌头，伸出了长着绿毛的大手，要揭开她的被子了。她突然尖叫一声掀开了被子，床前什么也没有，但她却呼吸慌乱，脸上一片津津汗水。

我突然觉得自己太过分了，真想在自己脸上狠狠来两耳光。我完全忘记了自己是在隔壁偷看，我让自己的声音出来得那么鲁莽，我说秋秋你被吓着了吗？秋秋慌乱的眼神投向了隔墙，她说，蓝桐，我刚才听到鬼叫了。我说那不是鬼叫，你别怕。秋秋说是鬼叫，好吓人的！秋秋用被子裹着身体，扭着个脸朝着我说话，很像一条传说中的美人鱼。这条美人鱼被我的那些怪叫声吓着了，眼神不住地往旁边飞，那可人又可怜的模样看得我心里直打颤，我说我过来陪你好不好？秋秋突然不说话了，还下意识地紧了紧被子。

我妈大概是听到这边有动静，又过来了，看秋秋的灯还亮着，又喊，秋秋咋还把灯点着，你瞌睡开着灯做啥？

秋秋不得已把灯关上了。

我的眼前一片黑暗，看不到秋秋生动的脸了。我在心里埋怨妈多事，感觉妈已经离开了，我轻轻叫秋秋。我说秋秋你要是怕就把灯打开吧。秋秋在被子里说，开着灯妈要骂我的。我说妈不会过来了，你打开吧。秋秋就真把灯打开了，又让我看到她可人的模样了。

我说，秋秋，我过来你就不怕了。

秋秋犹豫了一会儿，说，我不怕了，开着灯就不怕了。

我心里冷了一下，说，那我睡了啊。

秋秋看着隔墙不作声。

我说，不怕的，我只是陪你说话，和你一起等雾冬回来。

秋秋说，你就这样跟我说话吧，这样也很好。

我说，我是把嘴堵在墙上说话，很累呀。

秋秋犹豫了一会儿，说，那，你过来吧。

天啦，我成功啦。我屁颠颠从我的睡房里出来，正要去推秋秋的门，就听到背后的门响了起来，接着就听到了雾冬呼喊秋秋开门的声音。我吓了一跳，愣了一会儿，去给雾冬开了门。雾冬在黑暗中跟我说，今晚没道场，我回来了。我又没问你，你跟我说什么呀？我听见自己心里响起几声干笑，很像自嘲，又仿佛有着别的意思。秋秋听到这里的动静了，感觉可能是雾冬回来了，就大着嗓门喊雾冬。雾冬忙不迭答应着就赶过去了，连外屋的门也顾不上闩。我回头闩上门，真真地把自己嘲笑了一回，灰溜溜进自己的睡房去了。

雾冬回来得太有捉弄性了，我仇恨地把眼睛堵进了隔墙的缝里。

秋秋已经拱进雾冬的怀里，是那种巴不得拱进他的肚子里的样子。雾冬以为秋秋想他了，很感动，把秋秋往死里搂，还鸡啄米似的亲秋秋。

雾冬一边亲着秋秋一边关了灯。秋秋说，别关，好害怕。

雾冬说，害怕啥呀，有我呢。

秋秋拉亮了电灯，说，有鬼呢，刚才我听到鬼在屋后面叫呢。

雾冬说，你是心里害怕，耳朵听岔了吧？

秋秋说，不光叫，还哭哩，像人一样哭，把我吓死了。

雾冬愣着眼想了想，冲着墙说，鬼啊，你难道不晓得我是道士，就不怕我把你捉了？

秋秋毛骨悚然，全身打着颤往被窝深处拱。

雾冬说，明天我给你画个符，你戴到脖子上，就不怕鬼了。

秋秋说，现在就画。

雾冬说，好。雾冬正儿八经到外屋洗了手，回来找了张黄色的纸片，紧着腮帮庄严地画符。看着他舞龙跑蛇地画，秋秋也渐渐稳住了心。画好以后，雾冬还闭着眼咕咕哝哝念了一会儿，啪的一声，双手拍到那张除了道士谁也看不懂的画面上，就算结束了。雾冬把符替秋秋挂到脖子上，说，这下不是你怕鬼，是鬼怕你了。秋秋说，你早就该给我一个。雾冬说，我们来吧。秋秋说，来啥？雾冬把秋秋按倒，秋秋明白过来，咯咯笑。雾冬在关灯前往隔墙看了一眼。后来，在黑暗中我听着他故意弄出的声响才完全明白了他那一眼的含义。

我在自己脸上使劲掐了一把，我说，蓝桐，你真无聊！

10

妈说，我们早上要栽洋芋，秋秋你在家做饭，我们回来吃过饭让蓝桐去帮你犁地。一听这样的安排，我就决定不去地里了。我没有对爸妈说出我的决定，我只是搂了一本书站到院子里去看天空。雾跟昨天没有两样，它好像死在傩赐了，一动不动的样子。天空很低，一抬头鼻子就顶到天顶了。我怀念那一轮白太阳，我知道它一出现，天空就会高一些、阔一些。我爸妈叫我下地，我说我头痛。我爸生气地骂了我一句呆羊，但并没有强拉我下地。

秋秋出来问我，蓝桐你要不要吃头痛粉？

我说，我头不痛，我想看到太阳。

秋秋愣了一下，后来就善解人意地笑了。她笑着说，我小时候也装过病，那是不想去上学。

我说，我喜欢上学，不喜欢干活。

秋秋说，你天生就是个书生，让你在家干活真是苦了你了。

我说，我不是书生，但我不喜欢干活，我怀念太阳。

秋秋说，这地方太阳是太少了。

我说，我怀念白太阳。

秋秋愣了一小会儿，突然脆脆地笑起来，说，读书人就是这么说话的吗？

这么说着，我已经跟秋秋进了门，坐到了火炉上。我看着秋秋在屋里忙来忙去，跟她扯着一些话头。我们说得很欢，岩影却来了。岩影来了也不说话，对我也视而不见。他跟秋秋低三下四地笑。

秋秋说，大哥有啥事啦？

岩影说，我来看看你的火炉好烧不。

秋秋说，好烧极啦。

岩影说，我砌的火炉我知道，烧到中途总是要出点毛病。说着就去看火炉，用火钳掏掏捅捅，说暂时还没出毛病，就坐下来喝秋秋倒来的茶水。

一边喝着茶水，眼睛一边在秋秋身上溜来溜去，说些庄稼活儿的话。

秋秋就在这个时候感觉到火炉上的火没劲儿了，煤烟也起来了，满屋子都是呛人的煤烟味儿，呛得我赶忙往堂屋里逃。秋秋说，大哥，看你砌的火炉真出毛病了。岩影就放下茶碗，认真过去检查。有模有样地弄了一阵，说真是有毛病了，他弄弄就好了，以后就再不会出毛病了。

秋秋说，大哥砌的火炉大哥了解啊，你怎么就知道今儿早上这火炉要出毛病呢？

岩影说，我都做了二十几年的泥灶工了，这就像你们生娃，自己生的娃还不知道娃的德行啊？

岩影弄啊弄，弄了十来分钟，火终于呼呼烧起来了。秋秋高兴得不得了，说，今早上要不是大哥来了，这顿饭就做不好了。我明白岩影这是在故意耍花招接近秋秋，我在一边为秋秋心酸，却又不能揭穿岩影。

可这时岩影的肚子也痛起来了，他说，完了，我发痧了。说完就咬了牙不说话，眼睛白着，脸青着。秋秋慌了神，直喊，大哥怎么办啦？大哥怎么办啦？岩影吃力地说，得给我打火罐儿放血。秋秋眉头皱成个疙瘩，抖着声音说，大哥我该怎么做啊？我没打过火罐啊。岩影咬着牙说，你找个小瓶子来，我教你。秋秋就真跑去找小瓶子。这个时候，岩影意味很深地看着我，说，大哥的事你小子不要掺和，你躲你屋里看你的书去吧。我说，你不该糊弄秋秋，她迟早不都会跟你吗？岩影很不耐烦地咬着牙，说，大哥的事你别管！

秋秋真找来一只小玻璃瓶儿，给他。

岩影又装出一副很痛苦的样子，对我说，把你的书撕一张下来。我说，我的书不能撕。岩影的做派让我明白了他的意图，我觉得他好恶心。他又对秋秋说，去撕一条烂布来。秋秋就真跑去撕布。拿来以后，岩影叫秋秋点上布条，放进瓶儿里，再把瓶儿盖到他的光肉胸口上。

过了一会儿，岩影叫秋秋替他拔下火罐儿，秋秋就看到了一个紫黑色的圆疤。岩影说，你拿块碎碗碴来，替我把死血放出来。秋秋找来了碎碗碴，却不敢下手扎。岩影就自己拿过碎碗碴往黑疤上扎，一股黑血汩汩涌出来，秋秋看得有些头晕，就把脸转过去了。

再转过头来的时候，岩影已经擦干净了血，但他要求到秋秋的床上躺躺。秋秋想也没想就说，大哥去吧。岩影站起来，走路像喝醉了酒。秋秋说，蓝桐你扶扶大哥。我站一边看着岩影故意装出来的病态，让秋秋从我的脸上看到我的不情愿。秋秋只好自己扶着他去睡房。这样进了睡房，秋秋就出不来了。

我明白恶心的事情已经开幕了，我闯了进去。

这个时候，岩影已经把秋秋压到了他的身下。一开始秋秋闷着嗓子在岩影脸上乱抓，我闯进去以后她就像一只逃杀的小猪仔，又是挣扎又是尖叫，可岩影仅剩下的那只手比她两只手的力气还大。秋秋怎么挣也挣不脱，岩影还有嘴帮忙，脱衣服的事儿就交给了嘴，岩影还有门板大的一块身体压着秋秋。

我被眼前这一幕弄得脑子里空白了好一会儿，等我回过神儿来，岩影已经拔出了自己的东西，但他那个东西刚一见天就熄火儿了。岩影的那玩意儿，软的！像不是他身上肉一样，对他的激动只做旁观姿态！岩影回过头来看我，眼睛里仇恨喷溅。这仇恨轰的一声把我脑子里一直闷着的一团烟火点得明晃晃起来，我眼睛一晕就把岩影扯到了床下。我也吃惊我哪来的这么大力气，我甚至在他还没弄明白自己怎么就到了床下的时候就把他提起来扔到了秋秋的睡房外面。

岩影露出了一副十分赧然的表情，他喃喃着说，你这呆羊！后来，他脸上渐渐走上很多代表着无地自容的酱红色。他灰溜溜走了。

剩下我和秋秋,你看着我,我看着你,都不相信刚才发生的事情是真的。突然,秋秋像一只被打昏了的兔子,在屋里乱撞一气,才又用洗衣盆装了一大盆水到睡房里,关上了门。

那可是一盆冰凉的井水呀,喝进嘴里都冰牙的呀。我说秋秋你要做什么?秋秋不回答我。我说,你要用这样的水洗澡会受凉的。屋子里响起了一阵水声,我想象着冰冷的井水接触到肉体时的刺骨,禁不住打了几个冷战。接着,我听到了牙齿打架的声音,那么清晰,似乎不应该是秋秋发出来的,但又只能是她发出来的。一阵呜呜的哭声响起来,牙齿碰击的声音也跟着大了起来。

秋秋一直呜呜哭到我爸妈回家,饭也忘了做了。我妈回来看到没有做饭,很费解地看着我。我说,岩影大哥来过了。我妈似乎不明白岩影来过跟秋秋不做饭有什么关系,眼神显出白痴状态来。我说,你去问秋秋吧。我妈在秋秋的睡房外面听到秋秋在哭,就站在门外轻轻喊她,秋秋,你咋的了?秋秋不哭了,也没答理我妈。我妈没有走开,她固执地拍着门。秋秋在屋子里窝了一阵,终于开门出来了。妈看秋秋哭红了眼睛,还青着一张脸,很担心地看着秋秋,牙缝里漏出些咝咝的声响。秋秋忙强装出一个笑,说刚才肚子痛。妈问她怎么个痛法,说要是发痧就得喝石灰水。秋秋说这下已经不痛了。秋秋忙着去做饭,强迫自己把刚才那件事情放下。但我妈刚才说到"发痧",又无意中把那件事情明明白白地提到她面前来了。于是,一边忙着锅里,秋秋还一边忍不住哽咽。

我妈看出秋秋不是肚子痛这样的事儿,她到火炉上帮着秋秋忙。秋秋避着她的眼睛,假装很忙。

妈说,娃,你碰上啥事儿了?

秋秋把头一个劲儿地摇,把一颗热嘟嘟的泪珠摇到妈的脸上去了。

妈擦掉这颗泪珠,说,娃,你到屋里去歇会儿吧,我来弄饭。

秋秋就真到睡房里,躺进被窝里流泪去了。

我妈这下把希望全部寄托于我,她想知道秋秋到底是咋了。妈说,蓝桐你说秋秋是咋了?我本来不想说的,那事想起来就恶心,但看妈那样子不知道个底细就有可能吃不下饭,我就大概说了一下。

妈听完了脸就黄了。

当晚,我没有去学鬼叫。我知道雾冬会回来,还觉得那样的事实在无聊透顶。秋秋一天都躺在床上,不吃不喝,我很想过去做一些安慰的表示,但我又找不到走进那间屋子的理由。往日,我睡前总是用看书这种方式来平静被秋秋掀动了的浮躁的心。当晚,这种方式对我也没用了。书在我眼前全变成了秋秋伤心的脸,偶尔,一些字会变成秋秋脸上的泪珠,在我眼前渐渐变得无色,变得晶亮,慢慢爬动,爬出一条伤心的尾巴。伤心的秋秋呈现了另一种美丽,一种叫人心痛欲裂的美丽。我突然预感到这一种美丽会很多次甚至会用一生的时间停留在秋秋的脸上，我开始想象秋秋跟雾冬过完一个月，明白摆在她命运里的还有一个蓝桐和岩影的时候，将是怎样的一种惊讶和伤心。我想象了很多种，想得自己一脸的泪水。

雾冬回来了，而且闹出了很大的动静。

我忙把眼睛堵上隔墙。

雾冬去掀秋秋的被子，秋秋不理他。雾冬很奇怪地问，秋秋你咋啦？

秋秋把自己裹在被子里不让雾冬看见她的脸，也不说自己怎么了。雾冬显出一些不耐烦来，说，你到底咋的了？我走的时候还好好的，这下我从大老远赶回来你却不让我进被窝。秋秋还是不理雾冬，雾冬就强行把秋秋的脸从被窝里剥了出来。电灯下，雾冬看到了秋秋红肿得如桃一样的眼睛。雾冬惊叫起来，秋秋你眼睛怎么肿成这样，谁欺负你了？

谁也没有欺负我，是我自己喜欢哭。秋秋说着，拉灭了电灯。雾冬又拉亮电灯，要认真看秋秋的眼睛。秋秋不让看，扯被子蒙头。雾冬就那么坐在床上沉默了一阵，沉默中，他慢慢地把头扭向我这边，良久地看着隔墙。

他就这么看着隔墙问秋秋，是不是蓝桐欺负你了？

他这么想很有道理，因为我离秋秋最近。他说话的时候还搭配了一些仇恨的表情。他是个细心人，他肯定知道只要他那边亮着灯，隔墙缝上就一定有我的眼睛。他这是做给我看的。

秋秋替我说了公道话，她说，不是蓝桐。

雾冬眼睛一亮，说，那就是岩影？

在我们傩赐庄，几个男人打伙娶一个女人，排在后面的瞧上空当偷一口是常有的事。这样的事在我们庄上算不上犯法，最多只能算是违背约定，被别人当成一个守不住裤裆的轻浮男人来笑话。

所以，雾冬只能在我们两个身上打问号。秋秋还不知道这些，她惊讶的声音立刻就从被窝深处跑出来了，她说，你怎么知道是岩影？然后，秋秋用心筑起的长堤垮了。女人遇到这种不好启齿的事情以后，最先总是想把这件事情藏起来的，但那是在没有找到觉得可以为自己分担心事的对象的时候的想法，或者是在还没有发现别人手里已经掌握着打开这件事情的钥匙的时候。归根结底，女人的心太脆弱，装不下这么重的事情。现在，雾冬轻易地就把秋秋的心门打开了。

秋秋哇的一声哭起来，说道，岩影他不是人！

什么都明白了的雾冬，语气里是一种纯粹的仇恨。他说，我揍死他去！

秋秋大概以为遇到了可以信赖、可以为她找回尊严的人了，她呜呜呜一边哭着一边一五一十把什么都告诉了雾冬，包括岩影突然阳痿并没能把她怎么样和我突然来了大力气把岩影提出了门。说到后来，她不哭了。她说，没想到蓝桐还有那么大的力气，他一下就把岩影提到门外去了。

雾冬突然嘿嘿笑了几声，接着又笑了几声。秋秋说你笑什么啊？雾冬说，没想到蓝桐那呆羊还救了你。又说，我揍死岩影去，等我有空了我就揍死他去！但语气分明已经不如先前坚决了。

第四章

11

雾冬的道场还没做完，我还得替他犁地。就在我们驾起犁的时候，天边边拱出了一轮白太阳，像一只忧郁的眼睛，凝视着我们。于是，傩赐的雾开始移动，在你眼前，像棉花一样，又像水上的冰块一样，缓慢移动。

我说，秋秋你看，白太阳。

秋秋抬头，朝着我指的方向看。秋秋的眼睛像此时的太阳一样忧郁，一样深邃。秋秋的声音像是风从天边吹过来的，她说，这太阳，看着让人心里发愁。

我说，你的眼睛也一样。

秋秋突然就把神儿从太阳那里收回来，很现实地朝我笑笑，说，我们犁地吧。

这天，秋秋带到地里一包炒黄豆。她装些在我兜里，要我一边拉犁一边放几颗到嘴里嚼。秋秋说，小孩子的嘴馋，一边嚼着，干活就不觉得累了。我说，我不是小孩子。我想说我都是你男人了，但我说的还是“我不是小孩子”。秋秋把头埋下去一些，说，还看不出你这么小的人，有时候还真像个大男人一样有力气。我知道她在说什么，我说，我是不想看到别人欺负你。秋秋埋着的头轻轻点了点，学着蚊子的声音说，感激你了。我想说点什么，却又没说，我把头埋下去，像一头真正的牛一样拖着犁。秋秋说，听说你正上着学哩，怎么不继续上学啊？我想说，爸妈把我上学的钱拿来跟雾冬他们合伙娶你了，就没钱上学了。但我说的却是，我不想上了。秋秋说，上学多好啊，干活多累呀。

雾一团一团地移动着，就把一个孩子哇啦哇啦的尖叫声传过来了。是四仔，像只山羊羔一样跑着、跳着，哇啦啦直喊。他离我们不到五十米远，只是雾太厚，我们互相都看不见。听到喊声我放下犁寻声赶过去，他就扭住我往回拖。我跟着他跑过去，看到岩影的爸，我妈的另一个男人，管高山，正在按四仔的妈。四仔妈的衣服已经给撕开了，露出了白花花的一片肚皮。管高山正在剥她的裤子。

管高山一边撕扯着四仔妈一边嗷嗷叫，像一只正在打点猎物的野猪。四仔妈啊啊啊叫着，像一头被拖上案板的猪。我跑过去，抓住管高山后面的衣服往后拖。管高山不顾我拖不拖，绷着劲儿在前面忙活。看着四仔妈的羞处都要见天了，我忙在管高山脸上来了一巴掌，顺便还在他背上来了一脚。我那一巴掌打着了他的眼睛，男人有两个地方是最怕别人打的，就是裆下和眼睛。管高山啊地叫一声，用手去护眼睛，我就顺势把他往后一扳，他就像一只巨大的苞谷棒子一样，被我从四仔妈的身上摘了下来。

这时候，秋秋也跟到这边了，她已经明白这边发生什么事了。四仔还在呜呜哭，秋秋就磁着眼看着四仔。雾团在她头顶上缓慢移动，她的眼前还有丝丝缕缕来回地飘。

四仔妈得救后，忙爬起来躲到雾后理她的衣服。

管高山就在这个时候睁开了他的酸胀的眼睛，那眼睛红得像刚从血水里捞起来。这双眼睛一瞄上我，他就找到拼命的对象了。他野兽一样哇的一声跳起来，在我还没反应过来的时候就掐住了我的脖子，还用他山一样的身体死死压住了我。他的手像铁钳一样，我感觉到只一秒钟后我的头就鼓了起来，耳朵没有了听觉，眼睛也看不清。他那张疯狂的脸，那张咬牙切齿的脸，在我面前渐渐地变得模糊不清起来。他喉咙里发出的野兽一般的低吼也渐渐变成一种山洪汹涌时的隆隆声。我迷迷糊糊看到秋秋急得像小兽一样在管高山身上头上乱抓乱打，还有四仔妈，捡了身边的泥块往他身上乱砸，四仔用嘴在咬他的腿。他们的声音我都听不见，只看到他们皮影一样地在演着一场解救我的戏。可是，管高山这回像是金刚一样，雷打不动。

我想我是要死了。

我特别想再看一眼秋秋，我把身体里全部的力量聚集在眼睛里，努力让我的眼睛明亮清晰一点。秋秋就在我垂死的眼睛看到她的时候，突然想起了一招，那就是咬管高山的手。管高山这时候全部的劲儿都在手上，秋秋把自己的嘴变成一只狼嘴，狠狠地咬住管高山的一只手。管高山啊呀一声，松了这只手想把秋秋掀开，可秋秋咬住不放。这边，四仔妈看到这一招管用，用同样的招数攻击管高山的另一只手。这样，管高山才不得不松了我的脖子，让我回到了人间。

管高山松过手后，四仔妈放了嘴，可秋秋还没放，秋秋像长在他手臂上一样。管高山看过被四仔妈咬出的一圈儿黑紫色牙印，转身就开始撕拉秋秋。秋秋被他生生地从手臂上摘下来，像抡一条绢子一样抡着圈儿。缓过劲来的我哪能让他这样，我上去揍他，他又反过来掐我的脖子。但是这回还在他把手伸过来的时候，我就在他的裆下来了一脚。这一脚把他踢得怪叫一声，他就像一面墙一样轰然垮陷了。但就在他垮陷的那一瞬间，他还顺便在我脸上抓了两把。

除了四仔，这儿的人都受了伤。秋秋的嘴在流血，她把管高山咬得流了血，也把自己弄伤了。她的牙是跟她配套的娇嫩的女儿牙，经不起那么使劲。我的脸上也火辣辣的，我能感觉到血汩汩渗出来，集成一股鲜艳的血流，在我脸上爬。

我搀了秋秋，要离开了。我对四仔妈说，你也回去吧，到别处去干活也行。

四仔妈冲我点点头，说，今天这事儿，连累蓝桐兄弟和秋秋妹子了。话刚落下，只听一声嗷叫，管高山又向我们扑来。管高山裤裆里那顿要死要活的疼痛刚缓了一点儿,他又想起秋秋了。他像是看不到我的存在一样,顾自拉着秋秋使劲。他也不知哪来那么大的劲儿,居然把我像掀一条狗一样掀到了一边儿。这回,要不是我妈赶来了,我想他不死也要残了。我能让他欺负秋秋吗?肯定不能!我能忍下被他像一条狗一样掀开的气吗?肯定不能!

我妈来了,他是我妈的另一个男人。他谁的话都不听,就听我妈的。他什么时候都听我妈的,哪怕是疯着的时候也是。我妈和我爸在离我们百米不到的地方犁地,听到这边闹的动静太大了,想来看看。我妈是走在我爸后面的,他们事先没有想到这事儿里边扯着管高山、我和秋秋。等看清是我们了,我妈就断喝了一声。她这一声可比什么都有用,管高山遭雷击了一样硬挺挺地呆着了。我妈上前去,在他脸上啪啪两下。他才木偶似的看着妈,轻轻叫,素花。

我爸来时本来是想来拆架的,不想兴冲冲来,这战事给我妈一声断喝就平息了。他很扫兴,还很瞧不上管高山。于是,他哼哼了两声回头走了。

管高山定定地看着我妈,我猜想他这时候眼里心里都只有我妈。他一声声,像梦呓一样地叫,素花,素花。

我妈也看着他,听着他一声声叫。我妈的眼睛在他身上上下游走,看着他褴褛脏污的一身,嘴巴不断地抖动,一会,泪就下来了。先是一颗,从左眼角滑出来,流星一样划过我妈的脸颊。

再是一颗，从右眼角跌落到我妈的衣襟上。

看着我妈流泪，管高山也流泪了。他吸溜了一声，双泪齐下，接着鼻涕口水也出来了。我妈恨恨地喝他，回去！你的地都犁完了?！管高山说，没哩。我妈喊，那就犁地去！管高山呜呜哭起来，慢慢地走了。

雾很快就把他吞没了，我们只能听到他像孩子一样委屈的哭声。

我妈忙回过头来看我，看到我脸上渗血的抓痕，泪就汹涌起来。我知道这个时候她的心里有多矛盾，一个是她的儿子，一个是她的男人。她无法言说她内心那种复杂的痛，就只好流泪。她的眼泪像山洪一样流得稀里哗啦，她用衣袖擦泪，两只衣袖都湿透了，泪流还是一如既往地汹涌。她就用这样一双泪流不断的眼睛看过了我，又去看秋秋。秋秋嘴角上还残留着血痕，我妈就去替她擦。秋秋说，妈。我妈就拿起秋秋的手，冷不防扇了自己一巴掌。秋秋没想到妈拿她的手是派这个用场，急得高喊了一声妈。这一下过后，妈就下决心不让自己流泪一样，深深吸了一口气。然后，她走到四仔妈面前，说，他嫂子，这事儿对不住你了。四仔妈忙说，婶儿这是说啥话呢，这又不怪你的。婶儿，没事了，你忙你的去吧。

妈点点头，揩着似乎永远也流不完的泪走进了雾幕。

我也准备叫上秋秋回我们的地里去了，可秋秋突然问，这个疯子怎么听妈的话？偏生又遇到四仔妈是个喜欢说话的人。四仔妈拉过秋秋，一板一眼地说，妹子是不晓得吧？这疯子是岩影他爸，也是你妈的男人。他也不是哪个时候都疯，是你妈在你们这边来了，他那边屋里没你妈了才疯。就这样疯也不是时时都疯，是看见女人了才疯。也不哪时看见女人都疯，有时候他看见女人也不疯，有时候他看见女人了突然就疯起来了……

我不耐烦四仔妈那碎嘴，说，秋秋走吧，犁地去哩！

秋秋就跟四仔妈点点头，跟我走了。

秋秋跟我回到地里，扳过我的脸要看伤，还看我的脖子。她像一个母亲一样，轻轻吹着我脸上的伤，问我痛不痛。我真想像小孩子一样伏在她胸口哇哇娇哭一回，但又想到自己是个男人，就满不在乎地跟她说，没事儿。她离我太近，我心里不得不生出一些美丽的想法。但是我什么也不敢做，我只能说，秋秋你的嘴刚才流血了。秋秋说，是哩，我的牙现在还痛啦。接下来我就不知道该说什么了。秋秋看着四仔妈消失在那一片滚动着的雾浪里，眼睛变得迷茫起来，她跟自己说，这庄上怎么这么多疯子啊？

突然又回过神来问我，四仔妈说的都是真的？

我想了想，觉得瞒得过初一瞒不过十五，说，是真的。

秋秋说，为啥岩影的爸也是妈的男人？是妈跟他离了婚才嫁给爸的吗？

我说，不是。

秋秋说，那是怎的？

我不说了，我不想对她说，管高山是我妈的另一个男人。

秋秋追着问，是他们没有离婚妈就又嫁给爸了吗？

我说，也不是。觉得她这样说似乎也对，又说，应该是。

秋秋好一会儿没说话，我想她肯定是在思考什么，就想趁此机会把话题岔开。我说，他们还有一个儿子，因为高山叔疯病发了，没人管，四岁的时候掉进火坑里，把脸烧坏了，还没了双手。说完了我才发现我还是没能把话引到别的方向去。

秋秋听了后又想了半天，好像也没想出个结果，就又来问我了。

蓝桐你说明白点啊，为什么妈没跟岩影大哥的爸离婚就嫁给我爸了？

我被这个问题难住了，想用沉默来回答。但秋秋不依不饶，追着问，我只好说，妈是我爸的女人，也是高山叔的女人。

秋秋惊得忘了扶犁，问，为什么？

这样的事对于秋秋来说，不亚于听《天方夜谭》。看起来，上天是想在今日让秋秋看到自己的命运，但秋秋太粗心，问过为什么却没有继续追问。她惊了大半天，后来可能想到再问下去不好，就没问了。

12

妈做饭的时候，我爸在院子里搓绳。那是拖犁的绳，他怕正拖的时候突然断了，误了活，趁这会儿闲工夫修修。他叫我也把雾冬的犁绳检查一下，我没有。我不想去做这些事，对于农事，我一样也不感兴趣。我随手拿一本旧课本，窝到秋秋的火炉上翻看。课本于我已经成为历史，我随便翻到哪儿都是回看历史。一个字、一个标点符号，都能勾起我一连串的回忆。那些回忆有时候会像傩赐的白太阳一样忧郁而美丽，有时候又像傩赐的雾一样沉重而迷茫。我紧紧盯着书本，就深深地淌进了回忆，一会儿浮起来，一会儿又沉下去。

秋秋在她弄出来的一片雾气后面忙碌着，像一个影子在演一部无声电影。有一阵，秋秋的笑声突然打进我的耳朵，我才看到我的面前站着陈风水和两个干部模样的人。我爸在他们旁边说，他妈的念书念呆了！又冲我喊，愣着干啥，领导在问你话哩！我的脑子里还装着一些云雾一样的东西，我不知道领导问了我啥话。我冲这几个人懒懒地笑笑，站起来，做出要让座的样子。一个干部却扬手制止，说，你看书看书，现在农村能有你这样爱看书的不多了嘛，是学生吧？想考大学？没等我回答，陈风水接过话头说，是我们庄上最高文化人，上过高中。干部们就跟我笑笑，又问是不是想考大学。还是陈风水说，都没上了，上不起学了，在家干活。干部们点点头就对我失去兴趣了，问起了旁边的秋秋的情况，问我爸这是你家哪个？陈风水又抢过话头说，这是他大闺女，要出嫁了。一直没说话的那个干部白一眼陈风水说，怎么都是你在说话，别人家又不是没长嘴。陈风水讪讪地笑笑，没说啥。一直问话的那个干部就转过脸去问我爸，你们是一家人？问着也没等谁回答就伸着脖子背着手往我妈那边走去。看我妈也在火炉上忙，就问，你们是两家人？我妈刚把嘴张开来，陈风水的话就响在空中了，她就是那两个娃的妈嘛。干部白一眼陈风水，问他，一家人怎么分两个火炉做饭吃？陈风水咝地吸了一口冷气，说，这些是他们的家事儿，领导们就不要操心了。领导脸上轻轻扯了扯，回头找我爸。看我爸没在人堆里，又回转头问我妈，你们今年种不种烤烟啊？我妈去看陈风水，这回陈风水却不抢话了，他说，你看我做啥，想种不种，照实跟领导说。我妈就说，我们这地方不出烤烟哩，栽上没长大就死了。干部问，那准备拿什么来完成任务啊你们？我妈突然有些气呼呼的，说，年年都是拿钱抵任务的。干部是很知道分寸的，听出我妈有气了，就不问了，说，其实，你们只要得到方法，种烤烟是很能挣钱的。一边说山下哪家种烤烟种成了万元户，一边就从面前的门往外走了。陈风水始终跟在后边，很像一直跟在他后边的黑狗。

走到院子里，三个人和一只狗又都站下来，干部们看着我爸问，修公路的集资款没意见吧？我爸鼻子里轻轻哼了两声，说，没意见？有意见也得交啊不是？干部们还想站下来跟我爸多说两句，陈风水说，思想工作我都跟他们做了，他们都愿交的，没意见的。干部们多看一眼我爸，看出我爸不愿意跟他们啰唆，就知趣儿地走了。

看这些个人走了，秋秋悄悄问我，村主任为啥要说我是你们家大闺女呀？

我说，如果这会儿你的身边站着两个娃，本来两个都是你的娃，但他肯定要说，其中有一个是别家的，或者说是你亲戚家的。

秋秋说，为啥呀？

我说，不是一对夫妇只能生育一个娃吗？你身边有两个娃，肯定得有个说法了。

秋秋说，那他为啥要说我是你们家大闺女呀？

我说，瞒吧。他都是这么跟那些人说话的。

秋秋笑起来，说，这么瞒也能混过去呀？

我说，我们这地方离干部们太远，干部们来一回不容易，像今天这样下来走更是几年才有一回的事，要想了解情况就全凭村主任陈风水那嘴。

秋秋没有实在指向地轻轻笑几声，去火炉上忙去了。

四仔妈跟着就来到了我家院子。她带来了她的三个女娃，在院子里跟我爸说，干部们今天要留在她家吃饭，她得把她们搁我们家来。四仔妈是陈风水的儿媳，这些年来我们庄上唯有陈风水家是一个男人娶一个女人。陈风水是，陈风水的儿子也是。陈风水的爸只有陈风水一个儿子，陈风水也只有四仔爸一个儿子。四仔爸娶四仔妈之前得过肺结核，娶过四仔妈来以后，就一天比一天更像柴火，榨干了全身的油才生了三个闺女。陈风水眼巴巴盼着他能种出一棵儿苗来，可他却倒下了。出门都怕被风吹倒了，整天就躺在床上或者蜷在火炉边儿上，一把骨头撑起一张紫色的皮，偶尔咳几声，弄出点动静表示他还是个活物。可就这样还是有了四仔，庄上人就说那四仔是陈风水生的。这些话是闲话，不说也罢。

四仔妈以前生下的三个闺女，陈风水都没让上户口。一对夫妇只能生一个娃，陈风水说这是国策，不能犯的。四仔妈生下四仔后，四仔才上了户口簿。

四仔妈说，我爸说了，等他一把干部们带走，我就把大妞她们带来你们家藏着。

三个女娃依次叫作大妞、二妞、三妞。三个妞都长得跟她们的妈一个模样，脸随时都是一副被打肿了的样子，翻着两片很厚的嘴唇。她们对于这种跟干部们捉迷藏的游戏已经玩惯了，无论走到哪家都跟在自己家里一样，没有生分的感觉。她们都到了上学的年龄，却并没有上学。我们庄上离学校很远很远，所以我们庄上的孩子上学的时间也比别的地方的孩子要推迟一两年。但我知道她们没去上学还有一个原因，学校突然说要学生的户口，没有户口报不了名上不了学了。

大妞、二妞、三妞还都跟她们的妈一样爱说话，她们妈把她们扔在我家以后就走了，走的时候她们也没看她一眼。她们先围着秋秋转一会儿，又来围着我转。她们叽叽喳喳，把我们家吵得很热闹。

突然添了三张嘴，我们家两个火炉上煮的饭就合在一起吃。饭是黄米饭，依稀能见到一粒白米。但外来的这三张嘴却一样吃得很香。我们四个大人，嘴上脸上都没显山露水，但心里却都想着要忍一忍嘴,要不然,那三张嘴就填不饱了。

13

雾冬也就是在外庄做四天道场,我爸看不惯他奔命似的天天深夜往家里赶。爸说,你个个夜里没命地往家奔做啥呢?道场不好好做,还想不想挣钱呢?一两个晚上不在家就把活儿耽误了?就不怕别人说你黄牛离不了尿桶?雾冬被骂得不好意思,咕哝说今晚不回来了就是。我爸说,催交款子了,你看看能不能帮我也借几个钱回来。

雾冬咕哝说,外庄的钱也不是说借就能借的。

我爸把眼睛鼓到最大限度,把声音也提到最高,说,你在外面做了这些年的道场了,连几个钱都借不回来呀你?!

雾冬咬着嘴不作声,我爸就说,今晚你可以回来,但一定得带着钱回来!

我们傩赐人根本没有夜生活,晚间的那顿饭吃过,弄一些家务活儿干了,像爸这样的抽一杆烟,不抽烟的,就都上床睡觉了。所以,一到天黑,我们傩赐就跟地狱一样地寂寞,一样地黑暗。

我还是像往常一样,习惯性地把一本课本拿在手里,得了黄疸肝炎一样的电灯泡发出要死不活的光,把课本也照成了一种病态的黄色。我看不进去书,我想想一想我的未来。这个问题我一直在想,但这么些年来我一直就没想明白过。我无论怎么绞尽脑汁，我的眼前都跟傩赐一样浓雾重重。我看不到自己的未来。

秋秋来了过后，我隐约看到了未来的模样。那就是像我爸或者像高山叔他们那样，一辈子守在傩赐这个地方，和自己的兄弟共同守着一个女人，度过一段畸形的人生。我知道我不喜欢这样的未来，但我一时又不知道我是不是还可以有我喜欢的未来，所以我得想一想。

我爸来到我的睡房。我爸不懂得敲门的礼貌，突然听到门响了一声，他就站到了我床前。呆羊。他说。我看他一眼，重新把眼睛放回到书本上，希望找回刚才的那种云里雾里沉浮的感觉。他又说，呆羊，雾冬回来没？

秋秋忙在那边说，爸，雾冬还没回来哩。

我爸冲着我点点头，好像刚才那句话是我对他说的。他说，雾冬回来了叫他过我那边去，我等着他给我借钱来哩，这心里毛得慌。

秋秋在那边说，要得。

我爸白着眼看我一会儿，骂我一声呆羊，走了。出了门也没想起替我关上门。

秋秋在那边问我，你在干啥呀蓝桐？

我说，我在看书。

一阵瑟瑟缩缩的声音响过，秋秋的声音逼得很近，你在看啥书啊？我把脸往隔墙凑近一些，就看到一只眼睛正堵在隔墙缝上滴溜溜转。我忍不住呵呵笑起来，说秋秋你偷看我啊？眼睛不见了，那边灯也亮了。秋秋说，这些缝是你抠的吧？我说，不是，原来就这样呢。秋秋说，你说雾冬今晚会回来吗？我说，会的。她说，我说他不会回来了，他借不到钱，不敢回来了。我说借不到钱他也要回来，他舍不得你呀。秋秋说，明天我叫雾冬把这墙糊了。

我们就这么冲着一道隔墙说着话，雾冬就回来了。

雾冬回来得很隐秘，他没有喊人替他开门。他是用一把割草刀慢慢拨开了大门的门闩，悄悄进来的。一进睡房，他就拉灭了灯，还轻轻说，你们都别作声，还神秘地要我也把灯关掉。秋秋说，爸叫你过去，他等着要钱呢。雾冬悄悄地说，就是因为这个才不能作声。他说，我没有借到钱。秋秋说，那怎么办？爸说他等钱等得心里发毛哩。雾冬不说话了，一些细微的声音告诉我，雾冬在用另一种形式制造安静。

可是爸却突然过来了。

就像爸刚才一直在旁边看着听着，这会儿他的声音突然就在黑暗中响起来了。

雾冬，借到钱了没有？他喊。

隔壁屋子里一阵慌乱的声响，雾冬就开门出去了，门缝里透进来一丝灯光。我爸说，你借的钱呢？雾冬说，爸，没借着。爸说，是没借还是没借着？雾冬说，是没借着，我借了好几家呢，都说这阵往上面交的款子多，自个儿还得去借钱嘞。爸说，妈的！

爸和雾冬的声音是两个极端,爸的很高,雾冬的很低。爸又骂了一句,妈的!不知道他是在骂雾冬还是在骂不借钱给雾冬的人。突然响起一个惊人的声音,像是椅子飞起来砸到了锅,锅又从火炉上掉下来,碎了。

雾冬喊,爸。

爸沉下声来说,没用!

第五章

14

雾终于变薄了，像纱一样飘悠在人面前。虽然头顶的还厚着，但毕竟鼻子跟前的薄了，人也就觉得呼吸要通畅多了。到了白日头上到两根竹竿高的时候，鼻子跟前那纱一样的雾就飘到头顶上去了，眼前就没有雾了，连纱一样的雾都没有了。雾在头顶上形成一个天顶，和地一起把我们傩赐人夹在一个不到一根竹竿高的缝里。

秋秋说，这天地像一块夹心饼，我们是馅儿。

秋秋说，只是这天气，庄稼长不好。

我们傩赐的地很多，但都不爱出庄稼。所以我们得多耕多种。就是多耕多种，还得看老天高不高兴让我们多收一点儿。我们这里的春天都比山外落后，别人的春天要完了，我们傩赐才赶着别人的春天的屁股开始我们的春天。但我们傩赐的秋天和冬天又比山外的提前，别人的夏天还只过了一半儿哩，我们的秋天就来到了。这样，我们傩赐人就特别渴望干旱。山外旱得苗都能点燃了，我们傩赐就能遇上一年好收成。但这样的天气不多，我们的苗因为春天来得晚，种下得也晚，出土也晚。还没等它们全身都晒暖和，又到秋天了。它们就只好结一些像小老鼠一般大的苞谷棒子，交了这一年的差。所以，要是我们不多种，拿什么交公粮，又拿什么填肚子啊？

秋秋说，我和雾冬的地，赶得上我们娘家三家人的地。

我说地多有什么用，这地长不好庄稼，也不长人民币。秋秋说，我们应该买一头牛。秋秋看着旁边的一头正拉着四仔家的犁的黄牛，眼睛里全是羡慕。

一个男人，赶着一头牛，一个女人，把握着一把锄头，一个孩子，在地里追蛐蛐。在秋秋看来，那可真是一道绝美的风景。

我说，这地方，有牛也没用。

秋秋说，有牛，人就不这么累了。

秋秋一说累，我就垮了。我不拉犁了，我一屁股坐在地上，眼睛竟然酸酸的，有了想流泪的感觉。

四仔妈在一边儿翻那些牛耕不到的边角地，磨盘大的屁股朝着我们这边一撅一撅的。我冲着她的屁股，却对一边驾着犁的陈风水喊，你们用牛耕出来的地能生人民币吗？四仔妈放下屁股，抬起脸来看我们，大着声儿说，蓝桐兄弟你喊个啥啦？我突然就后悔了，我想我为什么要喊那么一嗓子呢？我又不是疯子。我把脸埋下去，去看一只黑蚂蚁艰难地爬行。

陈风水赶着他的牛来到了这边，牛头和人脸都冲着我了。陈风水抽空看了我一眼，说，蓝桐上学把骨头上懒了，不想干活，就想着这地里能长人民币呢。说完自己呵呵直笑。四仔妈说，蓝桐兄弟怎么也该把学上完了，看你那样子是骨头还没长硬啦。说过了，放下锄头到一边地角上倒茶水喝。像牛一样咕咚喝过了，又倒了一碗，问陈风水喝不喝。她把一满碗茶水端过脸，朝陈风水晃晃，也不作声。陈风水虽然正犁着地，可她一晃，他的眼睛就看到空中晃着的茶碗了。陈风水叫牛停下，两手互相拍拍，咳嗽一声，把黏痰吐掉。这样，四仔妈就端着那碗茶水过去了，递到他手上，看着他咕咚喝完了，接过碗，把碗拿回到地角边去。

四仔手里捏了好大一把蛐蛐，也跑到地角边去喝水。一只手忙喝水的事于他好像还不太胜任，捏着蛐蛐的那只手上去帮忙，蛐蛐就趁机逃脱，满地蹦。

秋秋看得忍不住呵呵笑起来，四仔就掉过脸来盯着秋秋看。四仔的眼睛很深，像井。这双眼睛把秋秋身上的一种什么东西吸走了，她打了个冷噤。我看到她脸都白了。她说，蓝桐，四仔不像个娃。我认真看看四仔，觉得他还是个娃，就问秋秋，四仔不像个娃又像个啥？秋秋摇摇头，说，他那眼睛，不像个娃。

陈风水和他的牛再一次朝着我们这边拖着犁过来了，秋秋突然说好热。

秋秋说着热，就把外衣脱了下来。秋秋里面穿的是一件火红色的线衣，这一脱，我们全都感觉眼前突然冒出个太阳似的晃眼。对于我们，在这么个雾气沉沉的天气里，有这一团晃眼的红，就多出了一份温暖，可牛就不一样了。牛似乎被这一团红勾起了什么往事。牛频频地朝秋秋看，不光看，还喘气流白口水。我说，秋秋，那牛是流氓。秋秋呵呵笑起来，朝牛打过去一个土疙瘩。这一打，牛就愤怒了，四蹄一腾就朝着秋秋来了。它身上还挂着犁，但它拖着犁也来得一样猛。我们还没来得及眨眼睛，它就把秋秋摔上了天。秋秋落下来时，我才醒过来。刚醒过来的我也没想个啥就抓住了牛的双角，然后，我就被牛举了起来。我趴在它的脸上，它看不清前面，就想扔掉我。这时候它已经疯了，不管主人怎么打它怎么拉了绳扯它的鼻子，它还是发誓要摔死我。我紧紧抓住它的角，它就一下一下疯狂地摔我。我像它手里的一只麻布口袋，被它扇几下又摔几下，终于给摔到天上，又落到了地上。它的视线终于打开后，就再一次看到了秋秋。秋秋当时正在一边拼命呼喊着我的名字，一边挥着锄头挖牛的肚子。但牛一直腾着四蹄在蹦，牛还鼓着一肚子的气，还有可能是因为牛皮太皮实，秋秋的举动并没伤着它。但牛却没有商量地认定秋秋是仇人了，它再一次在人们无力抵挡的情况下把秋秋摔上了天。飞上天再落下来，是很快的事情。牛再一次把犄角对准秋秋顶来也是很快的事情，我也只好拿身体去挡牛角了。于是，我也有了第二次腾空和跌落。这时候，我的肚子上有了一个洞，看得见我的肠子在里面颤抖。

牛是陈风水在它头上使劲砸了一锄头以后，白着眼傻傻地倒下的。牛是不是死了，人们当时都顾不上去关心了。我的肚子在冒血，像山泉一样地冒。秋秋脱下自己的线衣包了我的肚子，又用镰刀把外衣割成条把我的肚子扎起来。然后，陈风水将我抱起来，把我送到一个土医生那里。可土医生听说牛在我肚子上顶了个洞，就不敢接我了。这个人有一天突然在他家最显眼的地方放一些药瓶儿，说他能治病，有人真到他那儿买了些药吃了，说是还真吃好了病。从此他就成了我们庄上的医生。他说，你们还是快些抬到集上去吧。集上就是我们的镇上，但那里离我们好远。于是，这事儿很快就让爸也知道了，爸叫上庄上的另外两个男人追上了我们，把四仔妈和陈风水换下了。

还没到集上，我已经昏迷了。

我的灵魂在身体里睡到我被抬到集上的时候醒来。醒来后，飞到屋子上空，看着秋秋搂着我的头哭得泪人儿一样，我心里一阵酸酸甜甜，身体就跟着醒了过来。

这个时候，雾冬也赶来了。他已经做完了小羊庄的道场，回到庄上听到我的事儿就赶着来了。我想他看到秋秋搂着我的头，肯定又要揍我了。可他居然没有那样做，他像看不到秋秋正搂着我一样。他说，我们，把那牛杀了，给你补身子骨。这种话一般都是大人们用来哄小孩子的，雾冬跟我说得郑重其事，我想笑，可刚一笑，肚子就钻心地痛。我只得把笑忍住。

后来雾冬并没能杀了那牛。牛的主人说，牛是个畜生，不懂事儿，眼睛看不得穿红衣服的人。说十多年来跟他生活在一起，比他那病秧子儿子还让他心痛，若是雾冬要杀了它，就得把他也一起杀了。这些话是雾冬跟我说的，我当然不会相信。陈风水是村主任，他的牛还没有把我顶死，雾冬怎么会去杀他的牛呢？

不过陈风水还是让人比较满意的，他不光负责了我的医药费，还把这牛借给我爸使了三天。

15

庄户人不敢在医院老待，我在镇医院待了四天，就回家了。伤口已经缝上了，我的肠子没有漏出来的危险了，剩下的只是消个炎、养个伤口的事儿。只是，我流了很多血，需要补血，我妈杀了我们家除了拖着十几只鸡娃的老鸡婆以外的所有鸡，秋秋也杀了分给她的两只母鸡。这段时间，我可是幸福死了，像坐月子一样地吃，还有秋秋像疼儿子一样的呵护。

雾冬对我也不再仇恨，甚至，秋秋对我的那般呵护他看在眼里也不见嫉妒。但是，雾冬却一直记着岩影诈奸秋秋的事儿，虽然秋秋说过他并没有成功，但他心里一直仇恨着。不过也无非只限于在心里仇恨着，他也并没有真像他说的那样去揍岩影。那样的话别人会说他是无理取闹，要是因为这个岩影反过来揍他，他会连一个帮他说话的人都没有。

那么其他的惩罚总该有的。

雾冬坐在我的床前，像是跟我说又像是跟秋秋说，岩影大哥怎么也不来关心一下？秋秋白他一眼，意思是不愿听他提起岩影。雾冬就闭了嘴，把眼睛看着墙壁做思考状。我从他的半个脸上看到了他当时的思想，他在想蓝桐是为秋秋受的伤，秋秋有一份儿是属于岩影的，他岩影没有道理不凑点钱来意思意思。后来他转过头对我说，我得叫他出点钱来给你补身子。站起来要走，又说，不出钱，力气也得出点儿对不对？他要去找岩影，脚跨出我的睡房门的时候，他突然叫起来，对了，叫他把他的黑狗杀了，狗肉可是很能补身子的。

这个突然萌生的灵感使雾冬高兴得脸都红了，他用这张涨红了的脸冲着我说，他一直把黑狗当他儿子哩，我去叫他杀了！

雾冬太高兴了，他到外屋把这句话对秋秋重复了一遍，就真往岩影家去了。

秋秋一直看着雾冬走出院子，然后来问我，他真去叫岩影杀狗？

我说，他肯定去了。

秋秋说，你想吃黑狗的肉吗？

我说，我不想吃，是他自己的主意。

秋秋说，狗跟人亲，那黑狗多乖的狗哇，要是岩影真把它当儿子，那雾冬这样做就太缺德了。

我说，雾冬是讨好你呢，你去说一声叫不要杀，就杀不成了。

秋秋就真去了。

剩下我一个人躺在家里，我的心思就再一次开始乱飞。我的眼睛盯着屋顶的某一处，那里隐约的就有了一只狗的图纹，黑色的，跟岩影的黑狗一模一样，似乎扭头看着我。我想看清它的表情，就把眼睛里的力量加重一些，重得我的眼睛都有些痛了，它却又不是黑狗了，成了一个心脏，红色，能看得见里面激烈的搏动，突然又听到它搏动的声音了，咚咚！咚咚！又突然，这声音居然打击着我的胸膛！这个时候，它开始迅速变大，如一座山，如一片天，后来如整个世界一般吞食了我。

我捂着被自己的幻觉挤压得差一点死去的胸膛，感觉着它里面慌乱的跳动，开始幻想秋秋那边的情景。秋秋还没见过管石头，这一去肯定会碰上的。有可能是在见着黑狗之后，黑狗已经成了一具正在被人解剖的尸体让秋秋伤心而赫然，而管石头那半个像是刚塑好的泥胎给大雨浇烂了，又被泼上了一盆血水一样的脸，突然从黑狗的尸体前抬起来，面对着秋秋，秋秋就该吓得跳起来。我想，如果是这样，秋秋也该回来了。

但是，秋秋很久才回来。

秋秋回来的时候，身上显露出一种被侵略过的脏乱，还有一脸的惊惧残痕。我问她怎么了，她不说，只跑到自己的睡房里去呜呜咽咽。我猜测她肯定遇到什么事情了，那么雾冬呢？我问她，雾冬呢？雾冬怎么没跟你一起回来？秋秋哽哽咽咽地回答我，雾冬给岩影买药去了。我不明白怎么凭空又有了一个岩影需要药的细节，我敏感地认为有可能是岩影又做了什么花样谋划。我抱着一动就痛得钻心的肚子慢慢向秋秋接近，想问个明白，雾冬回来了。

雾冬带回来一股十分躁动的气流。他直奔秋秋，在一种旁若无人的状态中把秋秋紧紧搂进怀里，吧吧吧地亲着秋秋的泪脸，喃喃地安慰着她。秋秋在他的抚慰下瞬间就把委屈化成了愤怒，她猛然推开他，把声音变成刀子一样尖厉地问他，你咋现在才回来?！雾冬辩解，他娘的那土医生没在家，我去地里找到他才买到了药。又说，我去的时候管高山不在的，谁又会想到恰好那一阵他又回来了呢?

那天，雾冬把岩影那边发生的事情说给我听了。

他说他们并没有杀了黑狗，因为岩影病了。岩影下面那东西肿成了一条烂萝卜，躺在床上起不来了。他说岩影都躺在床上两天了，管高山整天疯疯癫癫，管石头又是个白痴，没有人管他吃过饭没有。他说秋秋去了以后，他就叫秋秋做锅饭给岩影吃，自己去买药。他说，他走的时候专门看过了，管高山并不在家。岩影的家是从管高山的家里分出来的，屋子连着管高山的屋子。他知道秋秋害怕管高山突然发疯。但后来，正好在秋秋替岩影做好了饭以后，管高山就回来了。那个老疯子！雾冬咬着牙说。

接下来，他变得有一句没一句，很不愿说，却又因愤怒而渴望控诉。

那个老疯子，竟然敢在秋秋身上耍疯！雾冬说。

雾冬牙根儿出血，啪地吐出一泡血水，说，要不是岩影提了扁担打，黑狗也上去咬他的屁股，他说不定今天就把秋秋给糟蹋了！

他说，秋秋都逃掉了他还追，要不是那会儿我正好赶了回来，把他拖回去打得半死，他肯定还会追着秋秋跑我家来哩！

他说，妈的！

16

我爸从外面回来时两手空空。他什么话也不说，径直走到我妈面前，默默地把他身上所有的口袋都翻开来，让我妈看。我妈知道他是什么意思。一大早我妈就叫他出去想办法找钱来交集资摊派的款子，因为我妈不让他卖掉圈里的猪。我爸翻口袋给我妈看时，眼睛是圆的，两个眼球像太阳一样光芒如炬。翻完了口袋，他就朝着猪圈走去。我妈知道他要做什么，她赶在他前面跑到猪圈门前，像卫兵一样守护着她心爱的猪。

我爸看看她，掉转了头。我妈以为他放弃了，正愣眼，他又回来了。他手里多了一条麻绳，这条麻绳说明他不但没有放弃，而且卖猪的意志更坚决了。

我妈把脸拉得很长，说，你就不知道再去想想其他办法？

我爸突然暴躁地喊道，我怎么没想办法？我头都想烂了怎么没想办法？你以为那办法好想你怎么不想想？你能你就把我要替你交的那半份钱给我吧？

我妈咬着嘴唇恨着眼骂他，你良心喂狗了！

我爸说，我良心喂狗了，我把肠肝肺都喂狗了！

我妈脸一横，把背贴到猪圈门上，做出一副誓死也要保卫她的猪的样子。猪才刚吃过，肚子不饿的猪也会对人的生活产生好奇，它把粉红的嘴从墙板的缝里伸出来，痴痴地听我爸和我妈吵架。

我爸看着从墙板缝里伸出来的猪嘴说，你以为我舍得卖猪啊？他说，可眼下借不到钱，我也是没办法呀。他说，蓝桐娶媳妇儿借的那笔高利贷，还没还哩，去年交村建费时借的那笔高利贷现在都涨到一头牛的钱了。那高利贷是什么东西啊？是比草都长得快的东西啊，你还让我去借高利贷啊？你不记得那年被放高利贷的人来抄家牵猪的事了？我爸这么数落着，越数越生气。到后来，他也不跟我妈啰唆了，要强行牵猪。我妈一急就长着嗓子叫秋秋，秋秋你还不来帮帮我，你爸要卖猪哩！可爸也跟着冲秋秋喊，秋秋你要是敢拦我，我就把那些高利贷全套到你和雾冬头上去。到头来，秋秋不知道帮谁才好，只好白痴一样站在一边眼巴巴地看。

我爸把妈拖开，强行打开了猪圈门。

我妈没拗过我爸，红着眼站一边抹泪。

这件事一直被秋秋看在眼里，当我爸往猪身上套绳子时，秋秋就拿了她手里所有的钱去给我爸。这些钱里有她出嫁时哭嫁哭来的，有雾冬前两天做道场做来的，还有她做姑娘时从指甲缝里节省下来的。总共也就是两百三十二块钱。秋秋说，爸，这些钱你拿去吧。这猪就别卖了，我妈难过嘞。我爸回头看着秋秋手里那些新新旧旧的钱票，脸上有过两秒钟的迷茫。被他搂在面前的猪这个时候用它的长嘴在他脸上触了一下，那冰湿的一吻让他醒了过来。打一巴掌猪头，他说，你把这钱借给我们了，你们拿啥去交？秋秋说，我们不是就交雾冬那一份吗，我叫雾冬去借。那一阵，我妈竟然就以为这事情有了救，以为她的猪可以逃脱了。她呼噜吸了把鼻涕，手都扶上猪圈门了，意思是等我爸一出来，她就关上门。这样，猪就保险了。

我妈没有想到秋秋的钱也没能救得了她的猪。我爸不要秋秋的钱，我爸说，你这些钱抵不了事，我借了你这些钱也得卖猪才行。秋秋不明白。我爸就耐心地跟秋秋解释，眼前我们不光是要交集资摊派款，我还想还一点高利贷。还一点少一点，你是不知道，那高利贷可不得了，再过两月不去还，那债就该长成两头大肥猪了。

我爸没接秋秋的钱，他早在回来前已经找好了买主，他牵了猪去就能拿到钱。他还打算把猪卖了就直接奔集上去还一点儿高利贷。在他心里，这笔像草一样见风就往上蹿的高利贷就跟一团火一样，早一天掐掉一点就能让他心里少烧灼一会儿。

他就这样从我妈的眼皮底下牵走了猪，但晚上回来后，他还是找秋秋借了一百五十块钱。他说猪卖了但交款子还差一百五十块。

晚上，秋秋坐在火炉上发了一会儿呆，然后问雾冬，我们是不是也去买个猪仔来喂？雾冬把眼睛迷起来，似乎让思想跑去很远的地方走了一遭才回来。他说，忙什么啊。秋秋说，分了家，我们就该像个家一样了，得养个猪什么的，像今天这样急着要交个款子啥的……雾冬截住她的话说，要买也不是现在。雾冬说这话时看了我一眼，眼神一闪即过，却让我看到了他心底的那份难堪和怅然。秋秋说，买猪仔你也要看个黄道吉日啊？雾冬说，得等我们有了娃，等你怀上了我的娃。秋秋捂着嘴左右找人，这个说法太好笑，她想找个人分享。她家的火炉上除了她和雾冬，就只有我。于是她就看着我笑起来，意思明摆着要我跟她分享这份快乐。她一边笑着一边说，没见过这种人吧？我不好回答她，雾冬说的是一个非常严肃的事实，我们三兄弟共娶了秋秋，今后，秋秋先怀上了谁的娃，就先跟谁过一年半的安定日子。只有有了安定日子，才有条件养猪。所以，雾冬前面的那些话，在我和雾冬看来没有一点好笑的地方。如果要笑，那也只能是苦笑，像她这么愉悦是不可能的。我当然笑不出来。我甚至因为雾冬正在黄下去的脸膛而变得心里发酸、发痛。可是秋秋不知道这个事实，她以为雾冬古怪，古怪得好笑。

秋秋在我这里扫了兴，干脆自己给自己找台阶，打了一下雾冬，讪讪地说，没听说过你这种人。看秋秋那样子，雾冬脸上扭曲着一些复杂的表情。他说，我们睡去吧。秋秋说，早着啦，谁这会儿就睡了？雾冬说，你不是想喂猪仔吗？秋秋大概觉得雾冬古怪得有些过分了，让她有些害怕了，她黄了脸，说，你脑子有问题啊，这下睡觉跟喂猪仔有啥关系啊？雾冬忙故意扯出一脸的笑，说，我们有了娃，就可以喂猪仔了啊。秋秋白了一眼旁边的我，拿一张黑脸去冲着雾冬。雾冬笑得脸皮发僵，贴的面具一样，但还是笑着，说，跟你说着玩呢，我是怕你累着了，你真要买猪仔，等下个月去买一只来就是。秋秋这才缓过脸色来，嗔声嗔气地说，以后说话可别颠三倒四的了。雾冬满口答应，然后就拉秋秋进睡房。

第六章

17

一大清早起来，秋秋就惊叫，哎呀，我们住到天上来了！原来是雾突然掉了脚底下了。头顶是蓝蓝的天空，脚底是如雪毯、如云被一样的雾，秋秋还从来没见过这样的景致。雾冬说，你今早上把饭做好一点，烧上一锅香喷喷的油茶，我们请王母姑姑来吃饭啦。秋秋咯咯咯笑出一串儿，说，是哪个王母姑姑啊？天老爷可娶了四个女人呀。雾冬说，哪个最管事儿就请哪个，等我去打听打听。秋秋就又笑出一串泉水叮咚来。

我妈在那边喊，秋秋，你帮着妈煮一下猪食，我下会儿地，我们的饭我自个儿回来做。秋秋这边欢欢地说，妈，你去吧，我马上过来。

爸又喊，雾冬，跟我们下地。

雾冬嘴里咕哝了一声，又跟秋秋说，你看着，我们腾着云去下地。

说着话，雾冬已经赶着往爸妈的屁股后面撵去了，留下秋秋一个人呆呆地看着脚下厚厚的一层雾。

雾，像厚厚的雪，又像轻盈的棉，更像是驾仙的云。雾平平展展铺在脚下，秋秋一走，它就轻轻移动。秋秋天真得像个娃娃一样冲我喊，蓝桐，出来看驾云啊。

又喊，哎呀，太阳变红了！这雾怎么这么多颜色啊！蓝桐你快出来看啦！

我没有立刻出来，但我能想象得出秋秋看到的情景。算算时间，我们傩赐的春天应该在这个时候开始了。每年，春天开始的时候，傩赐就会出现一种奇幻的雾境。白太阳变成了红太阳，阳光照下来，能把雾变成一层紫色、一层蓝色、一层金黄色，很美很美。

这样别异的景致，秋秋一定要找一个人同她分享。她要来拉我去看。她很着急，说要是雾冬在就好，雾冬可以把你抱出去看。我的肚子动起来还很痛，而且这样的情景我们也见得多，但看她是真高兴、真激动，我不想扫她的兴。我让她扶我起来，跟她一起去看。

跟着秋秋来到清明的天空下，我顿时感觉到一种从心到脑的畅快。暖融融的粉色阳光洒下来，在空气中弥漫着一种馨香。似乎，还因为这样的天空下站着秋秋，阳光比往日更温暖了，空气也比往日更清新了，脚下，那一层一层奇幻的美景也更美丽了。这个时候的秋秋，在我的心里注入了一种以前不曾有过的感动。

秋秋扶着我，我和她是零距离接触。我比秋秋高出半个头，我的手臂挽着她的手臂，手就恰好贴着她的乳房。我感觉到一种绵软和温热，从我的手臂流进去，流遍全身，让我整个人从头到脚地温暖。在这种温暖中，我感觉自己是一片正在融化的雪花。我看到自己渐渐化掉花瓣，最后化成一个水珠。这个水珠最后成了我的眼泪，挂在我的眼角，被秋秋捕捉到了。

秋秋说，蓝桐你怎么哭了？

我说，我化了。

秋秋愣了一下，最后还是决定对我的神神道道见怪不怪。她说，你以前也没见过这么好看的雾吗？

我说，见过，每年都能见到这样的雾。

秋秋说，往年不是这样的吗？

我说，我想晒晒太阳，秋秋你替我把椅子拿出来好吗？

秋秋真替我从屋里搬来一张竹躺椅，让我躺在暖暖的太阳底下。我说，秋秋你这会儿别走开，我给你讲讲这雾和桐花节吧。秋秋就真端了个小板凳坐到我旁边，像个听话的小学生一样支棱着耳朵听我往下讲。

我说，这雾哪一天变成五颜六色，就说明春天已经走进我们傩赐来了。不到两天后，我们傩赐满山遍野就会开满桐花。

我说，山外的春天是从杏花、桃花、李花开始的，油菜花开在中间，接着才是桐花。桐花开过就是夏天了。我们傩赐的春天减去了前面那些程序，干脆那些树在这儿就不开花了，直接从桐花开始进入春天。桐花开齐了的时候，是我们傩赐最美丽的时候。

我说，那几天里，傩赐的天空亮得没法儿说，空气香得也没法儿说。

我说，傩赐人把一年中的四月十二和十三叫作桐花节，完全是傩赐人才过的节日。因为傩赐的历史上有一个“桐花姑姑”。据说在很久远的一天晚上，一个不叫傩赐的村庄，突然遭遇了一场大火。随着大火而来的还有一群手持刀枪的人，他们借大火的掩护疯狂地杀人。整个庄上的男女老少，弱的没能逃出火的魔爪，被火烧死了；从火中逃出来的，又被入侵者的刀枪刺穿了胸膛。这场大火过后，村庄没有了，逃出来的只有四个人。这四个人中有三个男人，他们都不同程度地受了伤残，另外一个就是十八岁的姑娘桐花。他们四个人在通往深山的一条打柴路上相遇，然后结伴逃进深山，在后来被他们起名叫傩赐的这个地方住了下来。

据说逃难前的那个白天，桐花在地里清捡采收时落在地里的黄豆角。桐花把捡来的黄豆角剥了，把黄豆放在一个小布口袋里。桐花回家的时候，斜挂在自己身上的小布口袋已经装得满满的了。回家的路上她跟结伴的姐妹一起去了别人家，大火起来时她正挎上小布包准备回家，逃难时这个还没来得及放下的黄豆口袋就被她带出来了。这一包黄豆不多，但桐花分一部分捣烂，用山泉水调成豆浆分给三个男人喝下，以助调理伤势。另一部分她种到地里，成了他们后来赖以生存的粮食。

为了拯救他们的村庄，桐花自觉地跟了这三个男人，做了他们的妻子，为这三个男人生下了很多儿女，从此繁衍成后来的傩赐庄。据说这三个男人和桐花住下来以后，这深山沟里突然就长出了一片又一片的油桐树，油桐树长出果来供他们榨油点灯，后来又被他们带出山外换取盐和布匹。

后来，桐花就被傩赐人称作"桐花姑姑"，被傩赐人当成神娘，每一年定在四月十二、十三这两天，桐花开得最灿烂的时候，傩赐人都要集体焚香、唱戏、撒黄豆来祭奠她。

我没有说，从此，傩赐人就沿袭了一个两三个男人共同娶一个女人的风俗。

我跳过这一说，去说节日。

我说，十二那天，全傩赐人都穿上盛装，聚集到滩上去。那滩，是傩赐春天和夏天发山洪冲出来的，在还没发山洪之前，它没有烂泥，只润润地铺着一层浅草。这浅草有年前死去的干草，有几天前才悄悄冒出来的新草。傩赐人就坐在上面，男人坐一堆，女人坐一堆，祭奠"桐花姑姑"的仪式完了以后，就唱一天的情歌。不管老少都唱，唱完一首，女人就把事先炒好的黄豆儿往男人堆里撒，男人就跟一群鸡一样激动地满地找炒黄豆吃。十三那天，还是全庄人都聚集在那里，女人围成一圈儿，看男人们打竹鸡蛋比赛。有时候，也会唱上一场傩戏，或者玩上一回高脚狮子。

秋秋就掐着手指算日子，今天是四月初八，还有四天了。她说。

秋秋被这个就要临近的桐花节激动着，嘴里哼出的歌就更动听了。忘了告诉你们，秋秋有个习惯，只要心情不是很糟，在做家务的时候就会一边做一边哼歌。哼着哼着，她会不经意地大声唱起来。秋秋唱的歌都是从山外传过来的流行歌子，秋秋的嗓音又泉水叮咚那般清脆，所以我们一家人都爱听她哼歌。如果我爸我妈从地里回来正碰上秋秋哼歌子，爸和妈会有意识地把动静弄得小一些。

我说，我教你唱我们的山歌子吧。她马上就来了极大的兴趣，欢欢儿地说，你等我去架一把柴在猪灶里来啊。说着就颠颠儿地去了。我看着秋秋的背影，心痛地想，要是秋秋的腿没有残疾，那她跑起来该是多好看啊。

我正想，我该教她唱哪一首山歌子呢，秋秋在那边喊我了。蓝桐，黑狗拉我，是啥意思啊？喊着，就看她往我这边走来，而岩影的黑狗撵着她，不住地拿嘴咬着她的裤腿往外拖。秋秋说，你看它是啥意思啊？秋秋的脸上有很多疑惑，也有预感到不祥的恐惧。她说，是不是岩影有事？

我也感觉到一件非同寻常的事情正在降临，我说，你快去看看吧，秋秋。秋秋说，我害怕。我知道秋秋害怕管高山，还害怕遇到她心里那个不敢说出来的预测。我说这个时候高山叔在地里，一定是岩影大哥找你有事。我又分析说，肯定不是什么吓人的事，因为黑狗肯定是岩影叫它来的，还专门叫它来找你。

秋秋说，还是等雾冬回来了后再去看吧。

我想了想，觉得这样也行。

但是黑狗一个劲儿咬着秋秋的裤管儿拖，秋秋冲黑狗发火，黑狗也不管，白着一双眼，喉咙里还发出呜呜的声音。秋秋的脸色开始发青，她哀求黑狗，放了我吧，我去地里叫雾冬，让雾冬跟你去。黑狗放开了嘴，却呜呜呜跑来咬我的裤子。我们还从来没看到黑狗做过类似的事情，他让我和秋秋都有些害怕了。我和秋秋你看着我，我看着你，任黑狗在我们之间跑来跑去咬我们的裤子。后来，我突然决定跟秋秋走一趟岩影家。秋秋说你走不动啊。可我却发现我的肚子那儿不存在痛感了。我奇怪地摸摸伤口那儿，摸到一种麻木的感觉。我说，不痛了，我能走了。秋秋也很奇怪，但我们都没心思去想这些事情。岩影正生着病，会不会是岩影要死了，临死前想见见秋秋呢？这是我的想法。

我们心惊胆战地被黑狗领到岩影的屋里。岩影果真就是如我们想象的那样，快要死了。岩影听到我们唤他，把下身指给我们看。秋秋不敢看，偏过头，却又忍不住偷偷往那里瞟。他说，血，你们看，血。岩影指的那地方，果真就有一片黑红色。岩影说，我不行了，雾冬给我买的药吃了没用。刚才，我在迷糊中，一个脸上蒙着黑布的老婆婆跟我说，我这病是因心里渴想一个女人引起的，必须用这个女人的奶水或者血擦洗，我才能好起来，要不，我就只有死路一条了。

紧挨我站着的秋秋让我听到了她惶恐的心跳声，我能想象得到她的胸膛里有几只被憋得要死过去的老鼠在想着逃出来透气。

岩影说，我这病是自那回我不检点后得的。那回我发现我不行了，回来后，我老想着它为啥就不行了，如果真不行了，那我以后怎么办？秋秋你听我说，我们这种光棍汉，平时想个女人我们也不觉得那可耻。可你说这回我怎么就得了这可耻的怪病呢？

秋秋一直背对着他，完全是看他可怜不得不听。岩影说着说着还哭了起来，哭声像在吃面条儿。他说，我想，那个仙婆婆说我渴想女人才得的病，那女人不就是你吗？你要是愿意救我，就给我点血，要是不愿意，你就走吧，就让我死了吧。这回，他的哭声变成呜呜声了。秋秋一直站着不动，不说愿意献血，也不说让他死。岩影就号啕起来，哭声里全是绝望。

岩影除了脸上的皮能动以外，好像其他什么地方都不能动。他那么僵硬地仰躺着，把一脸的惨白挤成一堆，让喉咙里干干的哭声从张大的嘴巴中冲出来。

我想劝劝秋秋帮他，但秋秋却在我刚刚产生这个念头的时候走出了岩影的屋子，在岩影绝望的哭声中，用岩影的菜刀划开了自己的食指肚，让鲜艳的血一滴一滴落进一只小碗里。血在往下滚落，泪也在往下滚落。秋秋这时候的哭很复杂，不是单纯地哭自己，也不是单纯地哭岩影。所以，她的哭没有声音。

岩影不哭了，以为秋秋已经走了，他绝望得喉咙里已经发不出一个声音。

秋秋的伤口不流血了，渗出的一个血珠把伤口包住了。秋秋看碗里的血太少，就捏了手指头往外挤。血又开始流了，比刚才流得还快。直到手指头被挤得惨白白的了，秋秋才停下了。秋秋把碗里的血端到岩影的床前，看着碗里的血说，大哥，这里是我的血，你用吧。说过了，她出门，在外屋等我。

我替岩影涂了秋秋的鲜血，肚子上的伤口突然就痛起来了，火辣辣的。

于是，我让秋秋扶着我，慢慢回家。

那时候，脚底下的雾又多了一层鹅黄色。

18

秋秋被选作这个桐花节的“桐花姑姑”。

这个消息是雾冬带回来的。我们庄上每年都要有一个“桐花姑姑”，这个人一定要年轻漂亮。倒不是说她得倾国倾城，但必须得是我们庄上最漂亮的一个女人。前几年一直是庄上的一个姑娘担此重任，今年那姑娘嫁了，庄上人就看上秋秋了。

秋秋很惊喜，但又很自卑。她说，我这样子，行吗？

我们都知道秋秋说的是什么。我抢先给她打气，怎么不行啊？你比我们历年来的“桐花姑姑”都漂亮。

秋秋的底气还是不足，去看我妈，看雾冬。他们就把鼓励和肯定融进微笑里，不住地点头。秋秋没去看爸，但爸也要说话，因为他也高兴。爸说，那“桐花姑姑”是神，在戏里不跳也不舞，往那儿一站就行了，你咋不行？又说，你妈过来也扮过一回呢。

秋秋就缠着要妈教她如何扮演“桐花姑姑”。

妈笑着用下巴指示雾冬，你跟她说吧。

雾冬开心得一口牙全露了出来，说，抽时间我教你。

秋秋就被这个即将来临的桐花节激动得脸色发粉。

当然，桐花节的临近不只有秋秋一个人才兴奋，这两天，我爸我妈脸上也总发着光，眼睛从来都眯着，嘴角从来都往上翘着。我妈给秋秋量了身材，要为秋秋做一件桐花节的盛装。秋秋要去参加傩赐人的桐花节了，就得穿一身傩赐人的衣服去。

我妈还要教秋秋唱傩赐人的山歌子。她说秋秋的喉咙好，学会了，到时候唱死别人去。秋秋也高兴学，就坐到我妈面前，乖乖地听我妈教。

我妈没当过教师，教歌不得要领。抑或她歌唱得兴奋多了一些，自个儿就把一段唱出来了。

一进堂屋四角方，三排板凳四排亮。

三排板凳四排坐，坐的都是唱歌郎。

一边坐着的爸听到这一段儿，也兴奋起来，好像这时候他是个小伙子，他正跟他心仪的小女人对歌。他也唱：

一进堂屋看四方，抬头不见唱歌娘。

见不着我的唱歌娘哟，抹抹眼泪想回程。

我妈还要接着唱，秋秋忙打住他们，说，你们这样要唱到啥时候啊？我一句都记不住啊。又说，我看调子都是一个样，妈先教我唱一段儿，其他的把句子让我记着就得了。

我妈呵呵笑起来，说，那我认真教啊。

说着，正儿八经清清嗓子，一句一句教起来。教两句，又呵呵笑，做教师的感觉让她变得跟年轻人一样爱笑了。

这晚，我们家像提前过起了桐花节，老老小小都在唱。我爸还提前砍了竹，破好了篾条。这晚，我爸就坐在火炉上一边听我妈教秋秋唱山歌，一边编竹鸡蛋。

竹鸡蛋并不像真鸡蛋那么容易碎，它还有个名字叫篾球。但是，我们傩赐人每年过完了桐花节，就把刚玩过的竹鸡蛋丢了，也把它忘了，来年要过桐花节了，再编新的。在对待竹鸡蛋这个问题上，我们傩赐人最是喜新忘旧了。

我爸似乎有些嫉妒我妈这阵担任的角色，秋秋被选作扮演“桐花姑姑”的荣誉在他心里也多出一份感动，他也想多跟秋秋近乎近乎。他说，秋秋啊，你还不晓得这篾球的来历吧？秋秋说，不晓得。爸说，“桐花姑姑”那个传说你晓得吧？当时，“桐花姑姑”已经决定做这三个男人的女人了，但又不知道先跟谁好。正好看到地上有一根篾丝，她就用这根篾丝编了这样一个球。然后，她要三个男人玩这个球，谁玩得最好，谁第一个跟她进洞房。后来，我们傩赐的小伙子到了娶女人的年龄，就三两个约了，看准一个姑娘，就去她面前打篾球、唱山歌，姑娘就跟“桐花姑姑”一样选人。

秋秋咯咯咯笑起来，说，雾冬怎么没去打篾球给我看啊？

爸说，那是很多年前，现在，傩赐好多的风俗都没有了。

秋秋又笑，说，现在都不用三个男的娶一个姑娘了，还用这篾鸡蛋做啥？

爸和妈互相白了一眼，把头埋下去，不跟秋秋搭讪。

情形一下子就变得不如先前和谐了，正好看到雾冬回来了，秋秋把他拉到靠我一边儿的角落里说话。雾冬却并没有把声音压到她满意的程度，他说，好了，全消肿了，也不流血了。这样的声音在场的只要耳朵没失聪都能听到，秋秋白着眼把雾冬的衣袖扯了扯，还看我一眼，意思是没见过这么让人扫兴难堪的人。雾冬这回却是一丁点都不想压抑了他的声音，他像平常说话那样，让声音变得舒舒畅畅地吐出来。我哄你做啥呀！跟你说吧，有些病靠药就是不行，得靠我们道士。

既然这样，秋秋的苦心经营只能宣告失败。

我爸问，啥事啦！还遮遮掩掩的。

这话里有责怪秋秋的意思了，秋秋脸上起了尴尬，也起了幸灾乐祸。她飞给我的一个眼神里说，看他怎么跟爸妈说这件事儿。

雾冬没觉得难以启齿，他说，岩影大哥生了点病，我帮他治好了。

我妈忙问，岩影得了个啥病？

我爸抢过去说，能是啥病？连我们雾冬都能治好的病能是啥病，不是发痧就是哪儿生了个毒疮。没听说消了肿，不流血了吗？我爸这么说着，把玩着刚编完的篾鸡蛋呵呵直笑。

我妈也笑，说，就是啊，雾冬要是能治病那也能当医生了啊？

秋秋趁火打劫，也跟着呵呵笑。

雾冬有些挂不住脸了，说你们笑啥呀，岩影大哥那病可不是简单的病，不治就要死人的。我妈的脸一下就黄了，拧着眉头盯着雾冬。随后，我爸和秋秋也都把雾冬紧紧盯着。雾冬并不害怕这种阵容，说到底他这个时候就是一门心思想炫耀一下。他脸皮因得意而流光溢彩，他说，是我求得傩婆婆去给他说了药方，又是我用咒语叫黑狗去找到了能给他药方的人，岩影才得救的。

秋秋突然跳了一下，然后，我就看到她脸上起了好多鸡皮疙瘩。

19

好像是接到了什么命令一样，四月十二这天，雾全部撤走了。而我们傩赐，成了桐花的世界！就像上天一直用雾把这么个美丽的世界遮掩着，到了这天，上天才揭开雾罩，让我们看到了这一绝美的桐花世界！

满庄子都是兴奋的声音，满庄子都是炒黄豆的香味儿。

我妈炒黄豆，秋秋也炒黄豆。我爸和雾冬，大清早起来就扯着嗓子唱山歌，意在练练嗓，过会儿到了滩上好大显身手。

草草地吃了早饭，全庄人都穿上盛装，全往滩上去了。

傩赐人的盛装，男人跟女人都是黑色。衣服的肩背处环了一圈儿红色花边儿，袖口处也环一圈儿花边儿。裤子一律是桶口粗的直筒，在裤脚处也环一圈儿花边儿。这些花边儿是傩赐女人平常抽时间专门绣的，全用粉色和红色丝线，图案是清一色的桐花。不同的地方，只在于男人的衣服对襟，女人的衣服斜襟。男人在头上缠一方黑色丝帕，女人则只在鬓边插一两朵桐花。这种服装属于哪个民族，傩赐人不知道。一代一代的祖辈只告诉傩赐人要过桐花节，过桐花节的时候要穿这样一身盛装，但并没有告诉过我们是什么民族。就是说，傩赐人不知道自己是什么族。

我们傩赐人，全住在坡上。你家住一个山坡，我家住一个山坡。这天,在热热闹闹的粉色中,各个山坡上都有几个黑色的人往坡下走。往远处看,这些着盛装的傩赐人就像花海中钻出来的黑鱼。这些黑鱼一路高着嗓门唱着,往坡下的滩上去,去庆祝傩赐一年中最美丽的日子。

我们一家五口人,像一群红颈乌鸦出了窝,在爸和雾冬还有秋秋的喧闹声中往滩下进发。秋秋着这一身盛装,粉脸由粉花衬着,平常的那一身美丽中又多出一份神秘优雅。她就像我们这一群红颈乌鸦中脱颖出来的精灵,使得我们脚下的山坡比别处多了很多灵气。又因为她今天是"桐花姑姑"的扮演者,我们身边还多出了一份神秘和庄严。

听着爸、雾冬还有秋秋都放开嗓门儿吼,我也想吼一嗓子,但我怕把肚子挣开了,就忍着。我妈也高兴,但我妈不习惯大着嗓门儿像狮子一样吼。听着大家吼,她就眯眯笑,偶尔笑出个声来。

雾冬带着他演傩戏的家什,他说今年庄上除了要唱祭"桐花姑姑",还准备了一场傩戏和一场高脚狮子。第一天,敬完了"桐花姑姑"就唱山歌,唱完山歌就唱傩戏。第二天,先打篾球,再玩高脚狮子。

我跟秋秋说,你运气真好,一嫁过来就不光成了"桐花姑姑",还看到了我们傩赐最气派的桐花节了。

秋秋脸上毫不保留地溢满了自豪。

"桐花姑姑"许多年来一直备受我们傩赐人的尊重,秋秋明白。

我们傩赐庄，全聚集在一起，也只有三百多一点儿的人，但我们凑在一起时却像是有上千人凑在一起一样的热闹。我们吼，是吼给太阳听的。我们唱，是唱给云朵朵听的。我们乐，是乐给天老爷看的。我们感谢太阳终于赶走了雾障，给了我们一世界桐花。我们祈求我们的"桐花姑姑"每年都给我们一个晴朗的桐花节。

我们全聚集在滩上。我们被一世界的桐花包围着，被一世界的粉色包围着。我们头顶上是蓝蓝的天空，是白白的云朵，是炫目的阳光。我们的心里清清朗朗，是一年中最空旷、最舒畅的时候。我们，开始过节了！

男人和女人，自觉分两边坐下，在草滩上形成一个对阵。阵地上，齐刷刷长出一排向日葵一样的笑脸。笑脸上大大小小的月牙，在太阳下闪着炫目的白光。

一声锣响，人们全把嘴闭上，弄一副很严肃的表情在脸上，静静地等待即将开始的戏。又一声鼓响，只看见一道红光闪过，雾冬舞着的一件鲜红色长袍出来，舞出一股红色旋风。接着，鼓声锣声，像雨点一样密集起来。我们，全傩赐庄的人，嘴里同时哇哇叫起来，跑起来，而雾冬，把长袍舞成火焰，把手中的剑舞成魔鬼的爪子。等到鼓声和锣声渐渐轻下来，我们全五体投地地表示，我们已经不见了，已经被这场从天而降的灾难消灭了。后来，在另一边有三个男人慢慢地爬了起来，接着又有一个姑娘站了起来。这站起来的三个男人，每年都是有规定的。今年定的是我，雾冬还有岩影。这一个姑娘是每年的“桐花姑姑”，今年是秋秋。不知道是巧合还是因为“桐花姑姑”是秋秋才有意这么定的。现实中，我们是秋秋的三个男人，戏里，我们也是秋秋的三个男人。

我们三个男人，张望四周，看到苍凉荒芜一片，就抱成一团哭起来。这时候，秋秋走上前来了。秋秋身上斜挎着一只小布口袋，口袋里装着黄豆。看起来，秋秋很想把路走好，尽量让自己不要像平常那么瘸。但是因为心里紧张或者是激动，她比平时还走得更差。不过，没有人在意她的路走得怎么样，这个时候她是“桐花姑姑”，她是傩赐人心中的神。秋秋一瘸一瘸来到我们面前，把口袋里的黄豆一人抓了一把给我们。然后，秋秋就拿出一个篾球来，我们三个就开始假装踢篾球。然后，秋秋要点她的第一个男人了。秋秋拉了雾冬到一边生起一堆火。火焰升起来，下面伏着的小孩子就起来几个。秋秋拉了我到一边生了一堆火，下面伏着的小孩子又起来几个。到她跟岩影生火的时候，下面的人就全起来了，他们将代表“桐花姑姑”和她三个男人的后代。

人们沸水一样呼呼啦啦站起来，又啊哈啊哈跳了起来。全庄子人，手拉着手，转着圈儿跳啊唱啊，欢庆我们民族的再生。

雾冬换下红袍又穿上了他的黑袍，在“桐花姑姑”的面前点起了三炷红色的高香。欢闹的人们就歇下来，对着这三炷高香，对着他们的“桐花姑姑”一次又一次地磕头。到了差不多的时候，“桐花姑姑”把手指向了一棵早被庄上人定下的桐树。那是一棵就近的开得非常繁茂的桐树。人们在“桐花姑姑”的指引下，神情庄重地走向那棵树，折下一枝桐花，把这枝桐花带回去，就能带回去一年的平安一年的幸福美满。

到此，这个戏也就完了。不管怎么看，这戏都太表面太形式。但傩赐人做起来却是那么庄严，那么不容轻视。

接下来，就是自由的轻快的了，没有一个仪式开始前的正经的主持，也没有故作的忸怩。阵势一摆开，就有年轻的抢着站起来，亮开嗓门儿唱山歌。山歌来得干脆，吼得也响亮，山里人的庆祝活动就跟山里的人和山里的风一样直接、一样朴实。

男：

今天是个艳阳天，整天想妹心不安。
喝茶吃饭想着你，眼泪落在碗中间。

女：

马儿吃草在沟边，妹妹想哥泪涟涟。
吃茶吃饭想到你，哥哥挂在妹心间。

当一个人的嗓门亮开时，其他人的嗓门就开始发痒。于是，等这一个的歌子刚刚唱完，那一个又亮开了嗓门儿。雾冬抢在别人后面站起身，眼睛看着对面的秋秋唱了起来：

情妹长得像枝花，如同后园白菜芽。
白菜长大来配碗，情妹长大配哥家。
情妹长得白生生，细眉细眼像观音。
妹是观音当堂坐，哥是绣球滚上身。

秋秋接过来唱道：

太阳出来明又明，照着哥家大财门。
财门上面贴门神，门神上是守门人。
太阳出来亮堂堂，照在哥家田坎上。
田埂弯弯堵田水，哥妹相会对成双。

秋秋的声音像百灵，一出来就与众不同地脆亮。傩赐的男人女人们，大人小孩们，都差一点儿就听傻过去了。她的歌声刚落下，男人堆里就涌起一阵激越的浪头，都争着站起来要接秋秋的歌。岩影抢到了前面。岩影一边唱一边手舞足蹈，全身都充满了激动和得意，但秋秋没接，四仔妈接上了。在这种歌堂上，谁接谁不接都很自然。这个时候谁都不会把不高兴的事情装进心里去，阳光太灿烂，不高兴的事情最多只能在脸上留下半秒钟的阴影，然后就化去了。

一个一个地唱了一阵，又组合起一组一组的歌队。

我们就这么唱啊唱，一直唱到太阳偏西。我们都唱哑了嗓子，唱没了劲儿。女人堆里不知从谁开始，扬起了黄豆雨。接着，小雨就成了暴雨，哗啦啦，黄豆淹没了我们这些傩赐男人。我们在“暴雨”下疯狂起来，我们都成了疯子。我们啊啊啊吼着，疯狂地抢着天上的地上的黄豆。我们把抢来的黄豆甩进自己的嘴里嘎嘣嘎嘣嚼。我们比谁抢的黄豆最多，谁抢得吃得最多就说明“桐花姑姑”最疼谁，谁今年就最幸运。在我们的心里，一颗黄豆代表一个好运。

就这么闹到了该吃下午饭的时候，我们还不回去吃饭，我们还要看一场傩戏。傩戏是我们傩赐人流传下来的一种巫戏，专为傩赐人祈福消灾的。一般情况下，傩戏都是跟道场联系在一起的，但傩赐人为了使桐花节过得有意味一点，有时候就把傩戏搬到节日里来。道场上唱得多是为死者安魂、为生者祈福的戏，在节日里唱的却是为傩赐这个地方祈福，为傩赐所有的人消灾的戏。

这天，雾冬他们组织的傩班唱的是“山王图”。

雾冬穿上山王服，先行了一番祭礼，然后，戴上了山王面具。头顶上突出两只角，两角的边上还有两只小尖角，脸仿佛是鹿的，但两个圆睁睁的眼圈凸出的眼洞里没有鹿的眼珠，就没有了鹿的温顺了。眼眶下面，是镂空了的，显出两道月牙形黑槽，尖尖两角挑起，又是另一种狰狞。鼻子以下又仿佛是一张正瘪着嘴的老人脸，皮肉干瘦，骨骼分明，但两边紧绷的嘴角上翘起的尖尖獠牙，又焕发出一种刚毅和年轻。

雾冬戴上这副面具，黑眼珠从两洞眼眶里幽幽闪烁着鬼魅之光，他变成了一头充满魔怪气息的野兽，变成了一位全身张扬着兽性的“山王”。

“山王”手持“斧子”，在搭档的第一声鼓响过后，大唱：鼓打一声东，吾神披挂好英雄。身披狮子连环甲，一步踏出宝殿中！鼓点密集几下，“山王”张牙舞爪走到人前，唱道：吾是师州山王神，金爪铁斧带随身，要问吾的真名姓，盘古是吾山化身。阴有阴现，阳有阳现，紧砸锣鼓，山王出现。鼓点再一次密密响起，“土地”出场……

这则戏演绎的本来是为纣王巡查城门的将军秦文玉，魂被狐狸精用摄魂瓶摄去后，秦长期卧床患病。后请王、邓两道人收妖，王、邓两道人法力不济，斗不过狐狸精。最后只有请山王来降妖。山王在途中焚香沐浴，红色大板斧被虾子精偷走，山王只得请来清水仙娘，到五湖四海寻访。经过一番打斗，找回了板斧。可板斧已经给虾子精咬坏，无法收妖。于是又寻访能铸造板斧的谭铁匠，请其把板斧修好，最后才驱邪收妖，把狐狸精的摄魂瓶打倒，取回了秦文玉的魂魄。

雾冬他们拿到桐花节来演的，却说的是我们傩赐山里有一只狐狸精，一直引着我们的山神和土地神，使得我们这个地方长年都处在一片混沌的大雾里，长时间见不到天日。为了让我们的山神和土地神能正常工作，人们就请王、邓两个道人来收妖。中间的细节跟原来一样，结尾照应开头，说的是我们傩赐的山神和土地神终于醒过神来。于是，我们就献上刀头肉和豆腐，还有酒水和茶水，燃上香，傩班就请他们吃，劝他们赐福于我们傩赐。

敖伟天神，地盘业主，
现在指名请你们：
雨那的阿把，
舀抄罗的阿诺，
抹刀扛的阿谷，
达早正的阿尼，
者戛的阿业，
务幼的阿卜……
请你们来喝茶，
请你们来喝酒，
请你们来吃肉，
你们喝了要赐福，
你们吃了要保佑……

第二天，我们依然来到这个滩上，男女老少围在一起，看篾球队员们打篾球。那情形和山外人踢足球时的情形差不多。一群男人追来赶去，全是为了一只篾球。旁边观看的人眼睛也跟着球场上的人追，追到激动处就扯起嗓门喊两嗓子。不同的是，这里没有正规球场那么气派，这种玩法也显得野了些、土了些。但，快乐却是一样地多，或许更多呢。

这一趟玩过，我们自己组织的玩狮队又玩起了高脚狮子。

十二张八仙桌和十二把椅子错综相叠，构起一座看起来随时有可能被风吹倒的楼架，狮子和逗狮子的罗汉却要在上边玩出很多花样。

玩到后来，狮子和罗汉都在天空中悬舞，下面看的人就全张着嘴看着天空，就是鸟屎掉进嘴里也不会眨一下眼。

桐花节过完了，傩赐人还意犹未尽，回到家，要看着香龛上头天放上去的一枝桐花发好一会儿呆。香龛久经烟熏，焦黑，一些似虫又不像虫的灰挂又使其显得灰头土脸。桐花被放置上去，绝对是真正意义上的“鲜花插在牛屎上”。但傩赐人却怎么看怎么顺眼，怎么想怎么顺心。

第七章

20

美丽的传说给我们留下了这么美丽的节日，却又给我们遗留下了一个严酷的现实。

两天狂欢过后，就到了我妈去管高山家的日子了。

大清早起来，我妈还去煮猪食。我爸把她从灶前拉开，憋了一肚子气似的，把柴火使劲儿往灶洞里塞。我妈用蚊子一样的声音说，我把猪食煮好了再过去。我爸嗓门却像大炮，说，你去呀！你去吧！好像这几十年来的约定是妈自个儿定下的，他是受欺负的对象，他好委屈似的。他说，你去呀，再不去那疯子就要来接你了！我妈的脸木着，看不出她的思想。她像只猫一样静悄悄地去打理自己的衣裳。我妈的衣服不多，每到要换人家的时候，她都得把自己所有的衣裳带上。

秋秋去帮着妈收拾，妈看她一眼，脸上的表情也没有变化，就像秋秋并没有在她身边，她刚才不过是看了一眼空茫。

秋秋小心翼翼地学着蚊子的声音，叫了一声妈。

我妈于是又朝她看一眼，但仍然一脸木然。

秋秋怕吓着她似的说，妈，你一定要过去啊？

这回我妈没看她，但说话了。我妈说，一定得过去，几十年来都是这样的。

秋秋说，几十年的约定也是可以改的嘛。

我妈说，怎么能改，这边是我的家，那边也是我的家呀。

秋秋不吭声了，定定地看着妈。

我妈看她一眼，说，我嫁过来就是两个男人的女人，我就得为这两个男人生儿育女，轮着跟他们过日子。

我妈说，你看看那边那个家吧，我一走，就糊涂得跟个什么似的。

秋秋说，妈，你为啥要嫁两个男人啊？

我妈不说话，像没听见一样。

但秋秋知道她听见了。

秋秋说，妈，是谁叫你们这样的呢？

妈还是不吭声。妈这个时候已经装好了她的衣服，准备走了。

秋秋轻轻喊，妈。

我妈长叹出一口气，跟秋秋干巴巴笑笑，说，还有几天你也嫁过来一个月了。我妈没往下说，秋秋也把这句话当成是我妈信口发出的感叹了。

秋秋说，妈，我送送你吧。

我妈点点头，前面走了。走几步，又回头，很有深意地看我一眼，说，蓝桐，你陪秋秋一起送我。我没有犹豫就跟上去了。

秋秋走在我前面，出院子的时候突然想回头看看我爸，正好看到我爸的眼睛像癞皮狗的嘴一样紧紧咬着我们。秋秋喊，爸，妈过去了。我爸大炮似的喊起来，我还不晓得她过去了?！秋秋被戗了回来，跟妈说，妈，爸不高兴你走哩。我妈默默地走，平静地走。

后来我们又听到了急促的脚步声，还有我爸的呼喊声。秋秋站下了，走在最后的我也只能站下来。我妈没站下，还往前走。我爸喊道，你站住！我妈才站住了。爸赶到我妈前面，把二十块钱塞进妈怀里，生着气说，我叫你带去的，你咋故意不带?！你不带过去，那疯子把一个家折腾得一塌糊涂的，你一下子怎么缓得过来?

妈木木地站着，我爸看似还有话要说，还有气要生，她想等我爸生完了气、说完了话再走。可我爸远远地看见管高山沿着一截狗肠子路跑来接我妈了，就哼了一声往回走了。我爸还说，蓝桐和秋秋你们就不用送你们妈了，有人来接她了呢。但秋秋还坚持送，她怕管高山，虽然她明明知道管高山一到我妈面前就成正常人了，但她还是要拉着我。我妈也说，蓝桐，你跟秋秋一起吧。

我和秋秋继续跟在妈身后，向着管高山跑来的方向走。

妈这时候突然放开嗓子说话了。

妈说，秋秋，你高山叔疯的时候做的事后来他全都记不住，你别觉得不好。

秋秋说，哦。

妈说，只要我过去了，他就能做整整半年的正常人。

秋秋说，哦。

管高山跑到我们跟前儿了，牛一样喘息一会儿，说，素花，我来接你了。又说，蓝桐，秋秋，你们送你妈呢。

秋秋看到他跑近，身子吓得往后缩。看他真跟一个正常人一样，才稍稍松了口气。

往前走的路，由三个人变成了四个人。

桐花已经开始凋谢，满地都是粉色的花朵。它们还鲜艳着，却过早地扑向土地，结束它们辉煌的一生。

我妈说，这桐花一落完，就该种苞谷了。

秋秋说，哦。

这个时候，妈的心情已经不是离开家时的心情，而是回家时的心情了。这是几十年来练就的功夫，不知道秋秋需要多少时间才能练就这样一种处变不惊的城府。

管高山已经把饭蒸在火上了，我们一进屋就闻到了一股苞谷饭的清香。石头坐在火炉上，看着妈嘿嘿笑，口水随着笑声滑出嘴，吊了很长。管高山一进屋就安板凳，好像来的是客人。看一边还有一双裹满泥的胶鞋，他忙上前去拿开。看秋秋和我妈都没坐，他又忙着用衣袖擦板凳。

我妈也跟秋秋笑，这笑不再是从我家出来时那样干巴，好像走了一段路，我妈的笑腺吸饱了山风里的湿润，那笑竟然有桐花一样的颜色。妈说，秋秋你坐下吧。秋秋老老实实坐下，再不知道自己该怎么办，来看我。我冲她点点头，却自己也没弄明白这点头表达的是什么意思。妈说，我做饭，你们吃了再回去。秋秋听了就忙站起来，说自己也该回去做饭了。我妈也没强留我们，说，那你们先回去，这一个庄住着，三天不见，两天也能见着妈的。

秋秋拉了我，迎着一阵阵甜润的山风往家里赶。她说得赶紧回去做饭，吃了饭得下地了。

偶然回头，我看到管高山倚在门框上目送着我们。看我回头，他就冲这边喊，秋秋，蓝桐，你们慢走啊。

于是秋秋也掉转头，我们整齐地冲他点头、冲他微笑。

21

仿佛是在有意无意间，我从一簇桐花中突然看到了一个正在向我迫近的日子。它像一只火热的眼珠，又像一颗狂乱搏动的心脏，在那一簇粉色的花朵间，它用一种磁铁的力量吸引着我，并以一种越来越大的方式向我迫近。只那么一会儿，它就变得比世界还要大，它覆盖了世界，我变成了无边黑暗中的一粒尘埃被紧紧地吸附着，然后窒息，死亡。

你肯定明白了，这个日子就是秋秋跟我的新婚。

秋秋跟雾冬的一个月新婚眼看着就到了尽头，秋秋很快就该到我的床上，来帮着另一个男人创造另一个新婚，可秋秋浑然不觉。

有一阵，我又回到了以前的那种懒散状态，不把我爸的话放在心上，连秋秋在我心头激起的那份可怜的激情都消失干净。我不爱干活，大小的活都不爱干，我甚至觉也不好好地睡。我躺在床上跟坐在地头一样，半睁着眼，看着我头脑里那些紫色的、黑色的或者红色的思想像蝴蝶一样飞出来，在我眼前翩翩起舞。它们似乎要带我离开傩赐，去另外一个地方，去过另外一种生活。可是，我身体里却没有能够支撑起我两腿的力气，我像一个软体动物一样让它们失望。

秋秋有一天突然定定地看着我，直看得我眼前那些蝴蝶样的思想逃遁干净。她说，你得去医院看看。她的眼睛里除了担心什么也没有。她说，蓝桐你病了，得去医院看看。她给了我一些钱，要我自己去看病。我拿着这些钱走出门，一簇桐花撞进我的眼睛的时候，我就看到了那个正在向我迫近的日子。

眼前一片晕黑过后，从我的脚底生出一股力气，凉凉地穿过我的身体直抵我的头顶。我回转身，迈着健步回到秋秋的面前。我想告诉秋秋，一天过后，你就得到我的床上去了。我想看她听到这话以后的表情。可是，我徒劳地张了几下嘴，一个声音也没发出来。秋秋说，蓝桐你咋了？是不是要人陪你去？我干干地跟她笑笑说，不是，我没病。我把钱塞回到她手里，快速从她身边离开了。

我躲在一边，看到秋秋把钱塞给雾冬，要雾冬陪我去医院。雾冬对她的热心很不是滋味，摊着双手冲她叫喊，蓝桐没病，他是懒，不想干活！这个话，我爸也对她说过，但她没想到雾冬也会这么说。秋秋说，爸糊涂，连你也糊涂吗？雾冬还想对她喊点什么，但嘴动了几下，没有声音出来。

看着秋秋不停张合的嘴，我的耳朵进入了一种失聪状态。在这种状态里，我的脑子里又开始蜂拥着一群苍白色的蝴蝶。秋秋很善良，秋秋很美丽，秋秋身上有我爸为我凑上去的一份份子钱，秋秋有一份日子属于我，秋秋很快就要到我的床上来了……

可是，秋秋一直被我们蒙在鼓里。

我们很残酷，是吧？

我走到温暖的阳光下，找一块铺满枯草的地方躺下来，静静地看着头顶上一方灰白的天空，幻想秋秋在第二天早上，在知道她已经结束了和雾冬的新婚，从那个时候她就该到蓝桐的床上去的时候，应该是个什么样子。在我的眼前，灰白的天空像银幕，把我意想中可能出现的情景放电影一样不断地切换。我不眨眼地专注着这些情景片断，脑袋就开始发生一些变化。先是脑顶凸出一块，接着是脸颊慢慢地鼓起来，就像脑袋里有好几个拳头,奋力地想把我的脑袋撑起来,撑到最大限度。在我的感觉中,这些拳头最后真把我的脑袋撑得很大,大得要冲破天顶,要到太阳上去。后来我的眼前就飞起一片狂乱的黑色斑块,再后来,我的眼前一片黑暗,秋秋的影子在我的眼前就变成了血红色。一些血红的影子。我的脸上涌满了血红的泪水。

我的眼睛充满了血丝。

然而,太阳还是落下去了。

22

太阳一落下去,就是宣布秋秋和雾冬的新婚结束的时候了。第二天,秋秋就该跟我一起度过我和她的新婚了。当晚,秋秋却来了红。这个晚上对于雾冬来说,是个非常残酷的时间。一串好日子,眨眼间就到头儿了。他像一个正吃着美味却突然听说自己马上要挨枪子的人一样,不知所措一阵,就认定了死前一定要抓紧吃,把自己撑死也要吃。

天刚黑,雾冬就要拉秋秋上床。秋秋不干,雾冬就把秋秋抱起来,抱进睡房里了。秋秋说,你要干吗呀?雾冬说,我要做你。秋秋压低了声音嗔怪雾冬,小声点儿,蓝桐在隔壁嘞。雾冬没有听她的话,他知道我们之间仅隔着一层没有任何辅助材料的篾墙,他还知道那道单薄的隔墙上有我制造出的一些窥望孔,我不光能清楚地听到他们的声音,如果他们开着灯我还可以清楚地看到他们的举动。

雾冬说，不管那只呆羊。

雾冬把秋秋放上床，就把灯关了。

我承认当时我真的把眼睛堵到篾缝上了，但我的视线虽然穿过了篾墙，却只能看到一片黑暗。黑暗里不断地跳动着一些刺目的荧色光点，我知道那是声音。我收回眼睛，把耳朵支棱起来。

雾冬说，快脱了。

秋秋说，我来红了呢。

雾冬说，来红了也不怕。

两个人较劲的声音纠缠在一起，然后是一声非常响亮的，啪！

声音突然消失。我的耳朵前一片静谧。

是谁打了谁呢？我想，应该是秋秋打了雾冬。

可是，秋秋一哽一哽的声音响起了，你说过发誓不打我的。

雾冬的声音仍然没有出现。

我明白了，是雾冬打了秋秋。

我还明白，这阵雾冬正木桩似的骑在秋秋的身上，睁着双一个突然暴死的人的那种眼睛。

秋秋开始委屈地数落，说，自嫁过来以来，你天天晚上没少上我的身子，我也没说过不。你像野兽一样折腾我，我也没怪过你。今儿个我身子来好事儿了，这是不能干那个的，你难道不知道吗？

雾冬的声音终于响起了，他说，你不知道……

不知道什么，他没有继续说下去，秋秋追着问他他也没说。

秋秋就说，我也没弄懂你是个啥人，像个饿死鬼一样，天天晚上都得干。日子是一辈子呢，又不是一天两天一个月，有你这样拼着命过日子的吗？

突然一믐吧唧声。

秋秋哽哽咽咽地说，刚才还打人哩，这下又来了，你以为我是三岁小孩呀。

雾冬突然放开了声音说，你不是三岁小孩，我才是个还在吃奶的娃。我不是男人，打自己女人的男人都不是男人，是条狗，连狗都不如，是他妈的狗屎。这堆狗屎是你的娃，娃饿了，要吃妈妈的奶。

吧唧吧唧！吧唧吧唧。

嘿嘿嘿。雾冬的笑声。

吧唧吧唧，吧唧吧唧，吧吧吧。

嘿嘿嘿。雾冬的笑声。

你小点儿声。秋秋压着喉咙说。

吧唧吧唧！嘿嘿嘿。雾冬笑得有些癫狂。

呼哧呼哧，呼哧呼哧。

啊，不要跟你说了！你个疯子雾冬……啊！

叮咚叮咚叮咚咚！

那边突然出现的死寂把我的心跳声托举起来，响得惊天动地。

很久过后，响起了一种从牙缝里吸入的声音，咝——

接着，篾墙上的那些缝突然由黑色变成了黄色。我把墙缝上的耳朵换成眼睛，看到雾冬光着的肩膀上有一个红色的圆形，像一个吻痕，可雾冬却冲着木在一边的秋秋说，你把我咬流血了。

看来，秋秋这一口有着西伯利亚寒流的威力，一秒钟就把雾冬沸腾的血液冻住了，雾冬的语气里有着冰一样的东西。一个血液刚刚还在跳舞的人突然被冻上，那模样就有些变形，我看着都觉得那不像是雾冬了。

待了一会儿，雾冬下床去了。

秋秋轻轻问，你要去哪?

雾冬没说要去哪，只埋着头往门外走。秋秋的眼睛也就痴痴地跟着他，一直把他送出门，又把他迎回来。

这时雾冬才说，我去上了个茅厕。

他回到床上就把秋秋搂在怀里，紧紧地搂，巴不得从此变成秋秋的皮肤或者一个什么器官才甘心。

秋秋说，你咋不怪我呢?

雾冬说，我为啥要怪你呀?

秋秋说，我不让你做，还咬你，你为啥也不生气?

雾冬说，你该咬。

秋秋说，女人身上不干净的时候做那事是要生病的。

雾冬说，我知道，但是我太想了。

秋秋说，那你来吧，我不怕生病。

雾冬说，不来，我不能让你生病。

秋秋说，你是想让我早一点给你怀上个娃是吗？

雾冬说，是。

秋秋说，我们都还年轻，不忙，我们慢慢来，不是有陈风水村主任打掩护吗，我也给你生十个八个。

雾冬把搂着秋秋的手紧了一些，问，假如你是我妈的话，你会多疼我爸一点还是多疼高山叔一点？秋秋说，我是你媳妇。又问，你怎么突然问起这样的话来？

雾冬叹一口气，说，没怎么，突然想起了，今晚就想跟你说说话儿。我娶了你一个月，光顾着做你的身子了，还没好好跟你说一回话哩。

秋秋说，那你就说吧。

雾冬说，我妈一开始并不知道她嫁的是两个男人，跟她到集上去登记的和跟他拜堂的是我爸。第一个月是跟我爸过的，第一个月完了她才知道，还有高山叔在等着做他的男人。

秋秋说，他们怎么能这样欺骗妈呢？

雾冬说，不是他们想欺骗她。

秋秋说，那是谁想欺骗她？

雾冬说，是钱。

秋秋说，不是“桐花姑姑”？

雾冬说，其实，“桐花姑姑”传下来的那个风俗很早就没了，后来陈风水的爸看傩赐人要交很多的税啊费的，交过了就没钱娶媳妇了，他就叫傩赐男人凑钱娶媳妇，说这也就是继承祖上的风俗。

秋秋说，傩赐所有的男人都这样娶？

雾冬再没有张嘴，眼睛闭着，装成一副已经睡着了的样子，过一会儿，还扯起了两个呼噜。秋秋就把灯关上了。

第八章

23

那一晚，我一夜没合眼。我感觉到雾冬也一直没睡。我是因为明天将要出现的日子而兴奋得无法睡觉，他肯定是因为明天是自己拱手把自己的女人让给别人的日子而沮丧伤心得无法入睡。在天刚刚露出些许亮色的时候，他瑟瑟缩缩起床，站到屋外去了。他大概是想看看这个日子是不是跟别的日子有不一样的地方。当他看到山还是如墨一样浓，天空的灰白还是沿着起伏的山峦贴着一条缠绵的亮亮的线；公鸡还是跟以往一样，一声接一声很有规律地打着鸣；屋后的竹笼还是像原来那样，在无风的黎明里保持着一份沉默和文静；什么什么，都没有因为他的日子变得特殊而有所改变的时候，他又回到了睡房里。他站在床前静静地看着秋秋好一会儿，然后，他把头扭过来，朝着篾墙。他在看我。虽然他不把眼睛堵到墙缝上就看不清我，但我明白他一定是在看我。

如果他能的话，他会冲过这道墙，掐死我吗？我从篾缝里看着他，这样问自己。

今天将要发生的这件事在我爸看来似乎很简单。大清早起来，第一件事就是把我们全吆喝起来，说在堂屋听他说话。看我们全到齐了，爸就直截了当地跟秋秋说，从今天起，你就搬到蓝桐这边来。秋秋把爸的话听得很清楚，但这话是什么意思她没弄明白。她的身上还残留着一层睡意，使得她身子软塌塌的，眼睛也睁不大开。她把一个刚要冒出来的哈欠捂回去，揉揉眼睛问爸，为啥呀爸？爸说，你嫁到我们家里来，不光是雾冬的媳妇，还是蓝桐的媳妇。你跟雾冬的一个月新婚已经满日子了，从今天开始，你要和蓝桐过一个月新婚。

人还没睡醒就听到这种鬼谈，秋秋以为自己还在做梦呢，云里雾里地把我们看一阵，还跟我们天真地笑笑，说，我们爸还在那个戏里没有回过神来哩。说着就笑着对爸说，爸，那是戏，是前天演的戏，我现在已经不是“桐花姑姑”了，我是秋秋啊，你是不是还没睡醒啊？爸说，什么戏啊戏的，戏是戏，日子是日子。秋秋不笑了，试着问爸，爸，你是不是生谁的气，给谁气糊涂了？爸不满意地哼一声，说，老子没生谁的气，也没给谁气糊涂，老子比你们谁都清醒着啦。秋秋再一次看看雾冬又看看我，自己跟自己笑笑，用一种跟自己说话的低分贝声音说，要是不糊涂，怎么大清早起来就跟人开这种玩笑。爸这回哼了两声，两个似是而非的笑声。爸说，我没开玩笑，这事儿就是这么回事儿。

秋秋看着爸的眼神不动了，像看着爸又不像是看着爸。好半天，她的脖子开始转动，转到雾冬这边的时候停住，看着雾冬。雾冬不敢把眼睛跟她对接，站起来，往门外走去了。

秋秋身上的睡意一下子就全都跑光了，像谁劈头浇了她一盆凉水。她打着激灵扭了几下脖子，突然转过脸来看着我，我忙跟她点头跟她笑，不知道是个孙子的样子还是个儿子的样子。但秋秋没跟我搭讪，她看着我，问的是我爸。她说，爸，你是说我也跟我妈一样，到傩赐来是嫁的两个男人？爸光明正大地回答，不错，你是雾冬的女人，也是蓝桐的女人。又义正词严地把手挥一下，说，傩赐的女人都是这样的。秋秋的眼睛还咬着我，把我弄得像被抓了个正着的小偷一样心虚。秋秋说，爸，蓝桐才多大？爸说，我们这地方，十八岁就算是个大男人了。秋秋的视线像被我身体里的一只手揪住了一样，天长日久，一动不动。屋子里特别静穆，仿佛在一瞬间世界就成了哑巴。一个世纪都过去了，秋秋的似有似无的声音才轻飘飘传进我的耳朵，蓝桐，爸说的是真的？到这个时候，昨晚上燃烧在我身体里的兴奋已经全部消失了，我突然发现我跟雾冬一样害怕这个日子。但我想了想，还是跟她点了点头。

秋秋不愿相信这是真的，撵出去问蹲在屋檐下的雾冬。雾冬被她一问，着了火似的跳起来，喊道，怎么不是真的，这样的事儿也有跟你说着玩儿的?!

秋秋被雾冬的喊声震得断了电，再一次成了木头疙瘩。

我爸大概是觉得这件事情已经说清楚了，他的任务已经完成了。跟出门外，对在他看来是正在寻思这件事情的秋秋说，这种事情有啥深想的，你不是才演过“桐花姑姑”吗？我们傩赐人娶媳妇都这样，又不是你一个，入乡随俗吧。跟着，他就开始吆喝我们下地了。他说，我们该下地干活儿了，秋秋在家弄饭。从今儿个起，这一个月秋秋来这边做饭，顶替你妈那套活儿。雾冬的饭就自个儿做了啊。

秋秋才不做饭呢。秋秋像一只被雷击蒙了的鸡突然醒过来一样，嘎嘎嘎扑着翅膀往坡下跑了。我和雾冬都不知道秋秋这是往哪去，爸却知道。爸说，秋秋这是回娘家去哩。说着，就朝着秋秋去的方向喊，秋秋，回来把这只母鸡抱去，你空着手怎么能回娘家呢？秋秋怎么会听得见他的话？或者说，秋秋怎么会听见了他的话就真回来抱母鸡？

我爸从鸡窝里把还搂着一群鸡娃的母鸡抓出来，也不管鸡娃母鸡哇啦哇啦叫成一片，把母鸡塞到我怀里，要我快撵秋秋去。我正犹豫去还是不去，他又从我怀里夺了母鸡塞到雾冬怀里，说，还是你去吧。雾冬，她娘家人只知道你是女婿。

雾冬抱着母鸡狂奔，秋秋腿脚不好，雾冬刚奔上劲儿就到秋秋身后了。我爸抓过我，像我是他的仇人一样地咬着牙对我说，你也去，呆羊，不管秋秋耍什么性子，都要把她弄回来，扛也要把她扛回来，她是你媳妇！说过这些，我爸把我往前推了一把，狠狠地瞪着我。于是，我也撵上去了。我心里反复念叨着爸的嘱咐“一定要把她弄回来,扛也要把她扛回来”,我怕走一段路,我就把它忘了。

雾冬抱着母鸡跟在秋秋身后,心里似乎窝着一团烈火,听我叽里咕噜,他猛然回头朝我吼,蓝桐你咕哝个啥呀?! 我被他吓成了比呆羊还呆的模样,他才熄了火,说,呆羊!

秋秋刚才是赌着气在跑,听到我们来到身后了,她心里堵得铁紧的气就忍不住冲出来,把眼泪冲下来了。秋秋一边颠着跳着,一边咳嗽。那咳嗽是哭在喉咙里憋成的,呛成的。我们都不知道该怎么样去安慰她,就默默地跟在后面,像她的两条还不通人性的狗。

走了一阵,秋秋很不满我们这样跟着,被蛇咬了一下似的突然回头尖叫,你们跟着我做啥?! 雾冬怀里的母鸡被吓着了,在她的尖叫声还没落下的时候也尖叫了一声,还扑出了一只翅膀,差点飞走了。雾冬忙说,我跟你一起回娘家。秋秋像赶好多好多苍蝇一样乱抡着双臂朝我们喊,我不回娘家,我没脸回娘家! 雾冬问她,那你要去哪里? 秋秋喊,我去哪里你们管不着! 我爱去哪里去哪里,就是不回傩赐! 雾冬说,你不回傩赐我也不回傩赐了,我跟你一起,你去哪里我也去哪里。秋秋大哭起来,泪珠子像雨点一样飞,她说,我去死,你去不去?! 雾冬连忙说,我也去。秋秋恨恨地瞪着我,喊,你呢,蓝桐,你跟着我做啥? 我支吾了一阵,说,是爸叫我跟着的,你要是烦,我不跟就是。秋秋喊,我烦,你回去! 但我并没有回去。我说,爸说的要你跟我一起回去。

秋秋拿我们没办法，赌气又往坡下走。

我们又像两条狗一样忠实地跟在后面。

其实，秋秋跟绝大多数女人一样，在受到巨大委屈的时候就跑往娘家去倾诉，至于是不是能解决问题，她也没有把握。由于我们一直尾巴一样跟着她，回娘家的路又长，走到一半儿的时候，秋秋突然不走了。

一走出傩赐，空气就开始热嘟嘟起来，越往下走，天空越明朗。这些地方，地已经给庄稼染绿了。秋秋坐到一块苞谷苗地里，看着一株半尺高的水嫩嫩的苞谷苗发呆。我们两个，自然也只有坐到她旁边。

秋秋说，蓝桐，我一直把你当弟弟。

我忙说，这是爸妈安排的。

秋秋白我一眼，抽泣起来。她说，你们傩赐人，全都是骗子！

我和雾冬都深埋下头，看着自己的脚尖儿听着她数落。

秋秋一边哭一边说，蓝桐你还记得吗，我出嫁那天，你在这半路上来背我，在场的人都说你是雾冬的弟弟哩，原来你们全都合起伙来骗我！

我们的确是合起伙来骗了她，我们无话可说。

秋秋说，蓝桐，你是个上过学的人，你知道这种事情是不好的。

我说，我知道这是犯法的。

秋秋抓到救命稻草一样眼睛一亮，说，那你还愿意做犯法的事情吗？

秋秋不知道她还有一个只有一只耳朵、一个手臂的男人，那个曾经对她有过不尊重行为被她唾弃的男人。她以为等着要跟她过日子的只有我哩，她简单地认为做通我的思想工作，让我退出，这事儿就完了。这让我心里突然生起一阵悲凉，我看着对面那一片湛蓝的天空，说，以前的傩赐人这样做是不是真因为有个“桐花姑姑”我不知道，现在的傩赐人要这样做的原因我是知道的，他们主要是为了减掉一部分往上面交的款子，这么些年来傩赐人就这样过着，如果说要追究的话，全庄子人都是在犯法。

秋秋说，那我们怎么办？也跟着犯法吗？

我说，我也不知道怎么办。

秋秋说，我知道怎么办。我要去告你们！

雾冬赶忙拉着秋秋，要她跟我们回去。秋秋歇斯底里地尖叫，像雾冬的手上长着恶蛇的毒牙。

她喊，放开我，你这个尖脑壳！“尖脑壳”在我们傩赐一带专用来比喻男人拱手把自己的女人让给别的男人的行为。雾冬被秋秋气得喷血，破口大喊，说，我他妈的也不愿意，可我一个人娶不起媳妇，他们凑了钱，我也不能把他们都杀了啊！

他们?！秋秋喊起来，除了蓝桐还有谁？

我赶忙说，没别人，就是我，我是他兄弟，他不能杀了我。

秋秋不想听我说话，她本能地挥着手臂赶我。她喊，我要去告你们！我就要把你们傩赐人全告了！

接下来，又是刚才的那一幕，秋秋在前面一边抹眼睛一边颠着跳着，我们两个，像两条狗一样默默地跟着。

雾冬在后面不住地劝说秋秋，你不能去告的，你一告，全庄子人都完了，把我们全抓去坐班房不说，坐完了班房以后我们得多交好多款子，多交好多粮食，傩赐人就活不下去了。

秋秋说，不告也可以，我们家的这种事情要取消。

我们都知道这事儿没那么简单，于是，我们只好叹息。

24

一抹浓厚的绿，掩盖着秋秋的娘家。空气中有杏的酸，有梨的涩，有李的苦，还有竹笋的清甜。秋秋的娘家，一座青瓦顶，青砖墙，一正一偏并排连着的房。

先是一条皮毛光滑的黄狗汪汪几声欢迎我们，接着就是秋秋的嫂子卷着一股热浪来迎接我们。

嫂子人还没到跟前声音就到了跟前，说，啊呀！是哪股风把我们妹妹给吹回来了！嫂子手里端着一只碗，嘴角上还粘着一粒白米饭。嫂子说，看看，来得正是时候，我们正吃饭哩。她这么一咋呼，大哥也端着碗出来了。

这样，我们三个，就在黄狗、大哥、大嫂的夹道欢迎下走进了屋。

雾冬把母鸡放下，母鸡在陌生的环境里嘎嘎几声，黄狗看不惯它大惊小怪的样子，上前汪汪汪说它。母鸡就吓得飞起来，翅膀把一屋子的灰尘都扇起来，我们眼睛都睁不开。嫂子赶出黄狗，忙着收拾桌上的残羹剩菜。这些显然是不够待客了，她得重新做饭。嫂子说，回个娘家，来就来，抱什么鸡呀。

我们三个的脸色都不太正常，虽然我们极力地掩饰过了，但很多东西还是没逃过大哥大嫂的眼睛。他们交换了一下狐疑的眼神儿，大哥就一个一个地看我们的脸，看完了，就把眼睛放在秋秋头顶上，问，出啥事了？

秋秋一直不吱声，坐一边儿装出一副轻松的样子跟黄狗玩儿。

大哥拿出烟来散，我们都不要。

我们不知道接下来要发生什么事情，心里打着鼓，不敢接这烟。

大哥说，你们傩赐，好像说是正忙着种苞谷吧？

雾冬说，是。

大哥看着我，说，这是你兄弟？

雾冬忙说，是。

大哥说，大忙季节你们棒劳力不在家干活儿，有啥事？

雾冬支吾着，脸有些红了。我忙抢过来说，没事儿，我们家的苞谷昨天就全种完了，我们送秋秋回来看看。

大哥的眼神里全是不信任，但他还是说，哦。

说话间，嫂子给我们一人端来了一碗香喷喷的面条。嫂子说，这会儿做饭怕来不及，饿着我们了，先做个面条我们吃，待会儿再慢慢做饭。

我们两个端起面条呼噜呼噜吃起来，秋秋却说她不饿。嫂子早看出秋秋的眼睛是肿的了，只是不好当着众人的面儿直接问秋秋为啥肿了眼睛。秋秋不吃面条，嫂子就不能不问了。嫂子说，秋秋你遇到啥事儿了？秋秋假装没事儿地跟嫂子笑笑，说，没啥事儿。嫂子看一眼大哥，用眼神把一种不好言说的意思传导给他，才回头问秋秋，那，你眼睛咋肿了？秋秋说，我这眼睛这两天生了病。嫂子说，你不吃饭是吧？你嫁过去了我才嫁过来，我们还从来没正经一起拉过话哩，你要真不吃饭，我们到外面说话去。秋秋站起来，跟着嫂子到了院子里的李树下。嫂子端了一条板凳放树下，两个女人就并排坐在板凳上看着自己脚边绒球一样滚来滚去的小鸡说话。

嫂子说，是做姑娘的日子好过还是做媳妇的日子好过？

秋秋说，一样的。

嫂子说，才不一样呢。

秋秋说，我觉得是一样的。

嫂子说，你哭过。

秋秋说，没有，我的眼睛真是给凉着了。

嫂子说，你们来这里肯定有事儿吧？

秋秋说，没事儿，我是想来看看你们活儿忙不忙，来帮帮你们。

嫂子说，那好，一会儿我们就下地，你们全帮我锄地去。

但我们没有去帮他们锄地，全窝在屋子里等嫂子弄下午饭。

吃过下午饭，离天黑就不远了。雾冬说，秋秋，我们回去吧。秋秋说，我不回去。雾冬说，再不回去天就要黑了。秋秋说，天黑不黑关我什么事啦？雾冬说，不要耍脾气了，我们回去吧，我们傩赐那天，一黑就什么都看不见了。秋秋说，我说过了，我再不去你们傩赐了，别在我面前提你们傩赐！雾冬说，你不回去我们也不回去了，你们这里可是个好地方啊，你去跟大哥说说，腾出一间屋来我们住，再分些地给我们。秋秋喊起来，你做梦！

本来他们是躲在猪圈那边儿的杏树下悄悄说的，秋秋一喊，大哥大嫂就听见了。大哥喊，秋秋，你们吵啥呢，我看秋秋你别使性子了，你们早点上路回家吧。秋秋说，我不回去！大哥大嫂也不吃惊，早看出秋秋在跟我们闹别扭了。大哥说，你不回去那你去哪？你都是嫁出门的姑娘了，难道你还住在我这儿不走了？秋秋终于没忍住眼泪和哭声，说，大哥，我不嫁了还不行吗？你就把我当个嫁不出去的人一样看，我帮你们干活，只要你们管我吃，管我一身衣裳就行了。大哥很生气地盯住雾冬，问，到底出了什么事儿？雾冬说，没出什么事儿。大哥凶起来，眼珠子都要掉下来一样瞪着雾冬，恨恨地问，那为啥秋秋不跟你回去？嗯?!雾冬实在不知道该怎么回答，这个愤怒的大哥就抓住了雾冬的衣服。雾冬忙说，你去问秋秋吧。愤怒的大哥真把雾冬放下，去问秋秋，出了啥事儿？嫂子也赶上来了，问秋秋到底出了啥事儿。

秋秋蹲在地上呜呜哭，就是不说出了啥事儿。

我看这事儿不好解决，心里突发奇想。我把大哥拉得远远的，告诉他，秋秋是不想跟雾冬了，想跟我了。大哥像只呆鸭一样看着我，显然是不相信我的胡诌。他说，你小子说明白点儿。我心里突突跑着兔子，心想，这家伙要是飞起一脚或者揍来一拳，比被牛顶一回也好不了多少。但是，我不能呆熊，我得像个汉子。不为自己的面子，也得为能吓唬一下对方装装样子。我说，大哥，我说的是真的，秋秋耍脾气是因为雾冬不同意这事儿。大哥好像头痛了一下，皱了一下眉头，还吸了一口凉气。这个信号告诉我，大哥有些信我的话了，最起码也是半信半疑了。

他径直走向秋秋，拉起秋秋走到另一边儿，走得太不小心，把一只金黄色小鸡踢出去好远。觉得可以了，大哥才放下秋秋，问她，你真跟他兄弟勾上了？秋秋惊讶得哭都忘了，问大哥，你听谁胡诌的呀？大哥说，就是他兄弟说的。秋秋说，不是这样的，大哥。大哥说，那是怎样的？你说。秋秋说，大哥你嫁我的时候真的不知道吗？大哥说，我知道啥？秋秋说，你把我嫁到傩赐那地方我也认了，可你让我嫁的是两个男人，是他们两兄弟。大哥抓着秋秋的手突然僵硬得像石头。这样的嫁法他还从来没听说过，即使是从自己亲妹妹的口中说出来他也无法相信。

但秋秋告诉他，这完全是真的。

大哥再一次愤怒了，他放下秋秋朝我飞奔过来。在相信这事儿已经是真的以后的第一时间里，他的愤怒本来是没有目标的。但稍往后一点儿他就想起了我，想起了我的那一通胡诌。于是，他像风一样就来到了我的面前。我还没来得及思考该怎么应付，他的拳头就击上了我。一闷拳砸在我鼻子上，我眼前一黑就干脆不思考了。

愤怒的大哥并不管我思不思考，他把我当一个稻草靶子一样打理。练过了拳头，再练脚。这就惹怒了另一个大哥。雾冬怪叫一声扑过来，朝着这个欺负他兄弟的舅兄挥起了拳头。于是，接下来，就是两个大哥打仗了。我瘫坐在一边儿，满脸是血。我的脸已经肿起来了，我的小腿还在火辣辣地痛着。两个女人，先是被这突然而起的战争弄得发了会儿傻，后来，秋秋扑过来，嫂子也跟着扑过来了。

女人一参与进来，男人就自觉把战斗停下了。

宣布战斗结果吧，我自不必说，雾冬也受了伤，是嘴上。这家伙专门喜欢打人的脸，我的鼻子肿了歪了紫了，雾冬的嘴也歪了肿了紫了。他呢，好像没哪儿伤着。

秋秋痛哭着，摸摸雾冬的嘴，又过来摸摸我的鼻子，好像这些伤都是她身上的，她好痛好痛似的。

嫂子哭着个脸，但脸上没泪。她说，你们这是做啥呢这是？这是做啥呢这是？

没有人回答她我们这是做啥。

战斗的结果让秋秋的大哥有些意外，这种胜利好像不值得骄傲。他原地瘫坐下来，把头埋进双膝间，年深日久地沉默。

后来，他突然抬起脸，看着雾冬说，这事儿你们打算怎么办？我跟你们摆明了，这事儿让你们骗了也就骗了，打了你们我也算出气了。但这事得解决好。

雾冬说，我们傩赐都这样，不是我们能说了算的。

秋秋大哥再一次把眼睛瞪成铜铃状，不相信雾冬说的话是真的。他说，难道你们一个庄子上都这样？雾冬说，我们一个庄子上都这样。他说，你们庄子上的人不知道这是犯法？雾冬说，他们知道这是犯法。他说，知道犯法还这样做，就不怕别人告你们？雾冬说，都很多年了，告也有人告过，告了也没用。又说，大哥你们不能告。大哥说，我为什么不能告？雾冬说，你一告，我们一庄子人都完了，你们是杀了一个傩赐庄。

秋秋大哥看着雾冬，瞪圆的眼睛慢慢地扁下来。他说，要是我硬要告呢？

雾冬说，大哥何必跟我们傩赐庄人过不去呢，你们如果硬是不让秋秋回去，把钱退我们，我们让秋秋回来就是了。秋秋大哥再一次把眼睛睁大一些，问雾冬，你就没想过一个人娶秋秋？雾冬说，我想也没用，我一个人拿不出那么多钱，娶秋秋的钱是凑的，秋秋就不是我一个人的媳妇。秋秋大哥突然呸出一口痰，说，真他妈荒唐！喊过荒唐以后，他就把脑袋埋下去做思考状。这一想就想了好长时间，后来，他把秋秋拖着到一边儿去说话。

他说，妹妹你听我跟你说，这事儿都成这样儿了，这事儿又不是什么光彩的事儿，说出去多不好啊，人家还说我犯糊涂呢。

秋秋说，那不说出去你就不是犯糊涂了？

他说，其实，我看这两兄弟人都不错，我看他们都不会错待你，我看被两个人疼着可能比被一个人疼着好得多呢，你不如就依了这事儿算了。

秋秋用一双火辣辣的眼睛干瞪着她大哥。

他说，你晓得的，钱也娶你嫂子了，我哪来钱还他们？我看，既然你们那地方都这样，也不是你一个人才这样，也就没什么稀奇了。我看你也别闹了，我不是把他们揍了吗，以后要是他们对你不好，我揍不死他们才怪……

秋秋啪的一声吐了她大哥一脸口水。

25

一开始，秋秋不知道自己该往哪里去。她的胸膛剧烈地起伏，眼泪像倒豆子一样。她像一只头发晕的小母鸡在院子里转了两圈儿，眼神就再一次碰上了她大哥的眼神。就这样，她突然决定赌气往傩赐走。

这时候，路的前面是什么她已经不管了，她只知道大哥太让她绝望，她就真朝大哥指的方向走，她要走给他看，她要让大哥为他的话付出一生都不得心安的代价。

秋秋在我们前面，朝着傩赐，那个越来越黑的地方，悲壮地走。

我和雾冬跟在后面，谁也不敢发出一点声音。

从雾冬的眼神里，我看到了他的不踏实。秋秋回傩赐不是因为他，也不是因为我，她这么走下去，会走向哪里他摸不准。当然，我也摸不准。不过，雾冬的眼神告诉我，他会一直跟着秋秋，不管她走到哪里，他都会一直跟着。我却不是，我在跟着秋秋往回走的时候，我的心已经动摇了，我挨了打，身上很多地方都痛着，是这些痛让我觉得我正在做一件非常无聊的事。这件事情从头至尾我并没有从心里认可，那么我为什么要为这件事情付出呢？我想。

不管秋秋这一次会走向哪里，我都会回去睡觉。我想。

我们在回傩赐的半路上碰上了我妈和高山叔。我妈说她是怕天黑了，我们看不见路，送电筒来的。她手里还真拿着两支电筒，怕我们不相信她，还把电筒往上举了举。

本来，秋秋这么走着，眼前晃着的总是她大哥最后留在她脑子里的那副嘴脸，就是说，这一路上全是由她大哥为她举着仇恨的火把。我妈和管高山一出现，就把她大哥的影子挤开了。这样她就不走了，她站下来，东张西望一阵，又回头往回逃。

雾冬一下抓住她的手臂，不让她走。秋秋挣，叫雾冬放开她。雾冬说，你不要回去了，你大哥不会让你进屋的。秋秋说，你别提他，我死也不会回大哥家！雾冬说，那你还能去哪？秋秋说，我去死！雾冬硬硬地抓着她，要把她的骨头都抓断一样。他说，我不让你去死！

我妈上前来，把一脸的心痛和同情从眉眼间挤出来，去抚秋秋凌乱的头发。秋秋把头乱摇，躲着我妈的手。

我妈突然就对雾冬凶起来，说，愣着做啥？这么难走的路，就不晓得背上秋秋走?!

雾冬一下子明白过来，强行把秋秋扛了起来。

秋秋就在雾冬的背上喊，我不回去，我不回去，放下我，让我去死，我去死，我死也不回傩赐去……

不管她喊什么，我们都默默地听着。

这很像一种什么仪式。她的喊声和我们的脚步是这个仪式的主要形式。

到傩赐的路还有些长，而且这个时候天已经完全黑了下来。秋秋的喊声已经由弱到没有，在深深的黑暗中，她也沉默了。管高山在这个时候替下了雾冬，之前我妈用电筒光照过我的脸，她从我的脸上没有看到可以替下雾冬的积极性，所以她拉了一下管高山。管高山在被她拉过之后，就对雾冬说，来我背吧，就把秋秋接过来了。

秋秋被换到管高山背上的时候又开始了喊叫，休息了一会儿，她的声音又变得有些高了，而且还有比先前更加尖厉的势头。雾冬大概是不想听到这种尖厉的声音，要不就是想跟她和一曲。他也开始唱了。他唱的是经，什么经我不清楚，但我知道那肯定是经。雾冬的声音比秋秋的粗重，对秋秋的声音有着一种包裹性，秋秋的声音很快就被包裹住了。接下来，我们听到的就只有雾冬的唱经声了。

墨一样的群山把黑夜点染得十分苍凉，雾冬的唱经声在这一片苍凉之境播种着更加深重的苍凉。

我妈说，雾冬你别唱了。

雾冬真的不唱了。

我们的脚步声在这冷寂得跟一块铁一样的黑夜里，显得那么胆小可怜。不过，好的是，我们终于到傩赐了。

秋秋被管高山放到电灯光下，有一会儿地没能睁开眼睛。等她把眼睛睁开，她发现她已经站在岩影为她垒的火炉前了。她没有看面前站着的这些人，她把眼皮低下去，青着脸往门外走。她当然没走得动，雾冬把她拉住了。即使雾冬没拉她她也走不出门，岩影还躲在屋外的黑暗里。这件事到这个时候他还不宜出面，他躲在黑暗里为了在事情需要多一个人帮忙的时候出现。

秋秋被雾冬拉着，动不了，但秋秋脸上是青成铁皮一样的倔强。

我妈一直默不作声，但我们都能感觉到她的眼睛在说话。她看一会儿雾冬，雾冬就领悟了她的意思，懒懒地、酸酸地跟秋秋说，秋秋，蓝桐替你挡过牛呢，为了你他命都差点送了，你不跟他就是欠下他了。这话在我听来怎么听怎么都有一种讽刺的味道，我那一刻差点笑起来。可我妈盯着我看，我就没笑出来。我妈的眼睛里那么多可怜、那么多心酸，我看得心直往下沉。我说，妈，秋秋不同意，我退出算了。我妈被我的话吓了一跳，脸上的皱纹有过一阵慌乱的扭动。

我爸的声音在一边响了起来，说，你他妈的胡话！我很认真地迎视着我爸，说，你们不就是想我有一个媳妇吗，我往后娶一个就是，何必要逼着秋秋呢？秋秋在这个时候飞快地瞟了我一眼，我惊异地发现那眼神里感伤比感激要多。她敏锐的情感触角简单地把我的话当成了对她的轻视。但是，这个时候我们已经没有时间去计较、去解释这一个话题。我爸被我气疯了，上来狠狠地甩了我两耳光，让我本来就青肿的脸更加青肿。我爸打完我后说，你他妈的读书读出息了，会说几句话了不是？你他妈的也不撒泡尿照照你的样子，就你这熊包样还能自己娶回来媳妇？你他妈在你面前现成的都不敢弄，还想自己去娶？你他妈的就是娶回来了你养得起吗你?！我爸这么骂着我的时候，眼睛里有泪光在电灯光下闪烁。我被这些不断闪烁的泪光晃得眼前发黑，心里闷得有些缺氧。于是，我深深地埋下头，决定用这种方式把我的思想藏起来。

妈蹭到秋秋面前去，长久地看着秋秋。秋秋长久地埋着头，并不准备理会我妈的眼睛。秋秋还使足了劲想挣脱雾冬铁箍子一样的手。我妈不管她是挣还是不理会，就那么固执地看着，看着。秋秋终于没抗得住，抬起头叫了一声妈。两双女人的眼睛终于对接了，像两股遥望了好久的水流终于交汇在一起。两双眼睛同时流下了滚烫的泪。

但是，秋秋还是说，妈，我不能。

我妈就呜呜哭起来，像长江决堤一样哭。

我妈不光是在为现在哭，还是在为过去哭；不光是在为秋秋哭，还是在为自己哭。这是一颗痛楚的心对另一颗痛楚的心的悲悯，也是一颗痛楚的心在乞求悲悯。眼泪的交流让两个女人的心一下子紧紧拥抱在一起。秋秋吸溜着眼泪、鼻涕，悲悲地叫着妈。我妈则在秋秋的呼唤声中更加伤心地哭，哭声像一股洪流把如铁的现实冲得摇摇欲坠。

我妈说，娃啊，你就依了吧，妈也是从这条路过来的，不也走过来了吗？

秋秋说，妈，不能啊我。

妈说，没有过不了的路，咬咬牙就过去了。

秋秋呜呜哇哇，泣不成声。

后来，秋秋终于受不了这种悲痛的气氛，突然往屋外逃。可能是听她们的哭声听得太忘我了，这一下，雾冬竟然让她逃到了屋外，可还是被岩影抓住了。秋秋看清是岩影，哀哀地求，大哥你放了我，让我走吧。可岩影不放，岩影的手像钢钳一样。

我爸突然冲我喊，蓝桐，去！火炉上有绳子，拿来把秋秋绑到你床上去！爸知道这场戏演到最后要动绳子，早就准备好了。可是我不想用绳子把秋秋绑到我床上去。如果非要让秋秋去我床上的话，我也希望秋秋闹过一阵，最后自己走到我的床上去。甚至，这个时候，我也如秋秋一样有一种想逃走的渴望。我爸从我这里没看到一线希望，他有些绝望地扯了几下嘴角，像乌鸦一样怪叫了一声，然后扑通跪在了秋秋的面前。我爸不光跪下，还咚咚地给秋秋磕头。秋秋觉得，天都塌下来了。她也扑通一声跪到爸面前，撕破了喉咙，喊出了能让隐藏在黑暗中的傩赐众山也震颤的一声，爸——

第八章

26

秋秋现在睡在我的床上了。

一个美丽的女人躺在我的床上!

我明明白白地不能再无所谓了,我的心突突打击我的胸膛。

我的血液开始狂欢,我感觉脑子里轰的一声,我就不是我了。我成了一只被幸福冲昏了头脑的山羊,不知道是舞我的四蹄好还是舞我的犄角好。

我看到秋秋,一个花一样的女人,一个一直把我当成弟弟一样爱着的女人,像死人一样躺在我的床上,完全是一副听天由命的绝望样子。一种犯罪感在我的脑子里若隐若现,就像一个调皮的孩子在我沸腾的血液里游戏,一会儿探出个头,一会儿又举起一只手。我感到喉咙发干,呼吸急促,胸腔里火辣辣的。

我在床前手足无措了好一阵,还是不知道该怎么办。最后我选择了说话,我想我怎么也得跟秋秋说点什么。

我说，秋秋，这不能怪我，也不能怪你。

秋秋沉默着，有一双无形的手，把她的泪线拉得好长好长。

我说，天啦，你哪来这么多泪？你把你一辈子的泪都流完了。

这双无形的手就把秋秋的泪水拉得更快些、更长些。

我说，秋秋，我喜欢你。

秋秋的嘴动了一下，是抽噎弄的，后来她的嘴咬了起来，把她的下嘴唇咬得发青。

我说，秋秋，你不喜欢我吗？

秋秋咬着嘴唇摇头，摇过了就把脸偏到一边，我想她肯定是想说这件事情跟喜欢不喜欢沾不上边儿。

我说，那你怎么不理我？

这个问题秋秋可能也说不清，说不清就只有摇头。她哭了一天，可她的命运仍然站在悬崖前，她的努力并没有能阻止别人把她往悬崖前推。那么她只有闭上眼，往下跳了。现在她真闭上了眼，真听天由命了，她想一直闭着眼，再不要看到这个给她命定了如此尴尬命运的老天。

我说，秋秋，我知道你无法接受这种生活。我说，我其实也无法接受，但是我没能力改变，我是傩赐的男人，就得按傩赐男人的法则生活。

秋秋的眼皮颤动，两股清泪汩汩不断。

我说，秋秋，既然你不讨厌我，那为什么又不理我呢？

我说，你也不讨厌我，我又喜欢你，那你跟我在一起总比跟你讨厌的人在一起要好吧？

秋秋还是深深地躺在她的伤心和绝望里。

我的心也不跳了，往一个黑洞洞的谷底下沉。

我离开秋秋，走到了屋外。

爸一直在外屋关注着里面的动静，看到我出来，一双眼睛像铁锥子一样往我骨头里刺。爸问，你咋出来了？我一时傻了一会儿，但很快我就撒了个谎，我说，我想去上厕所。爸就一直用那种铁锥子一样的目光看着我出门，走向茅厕。

我在茅厕里站了好一阵。我的眼前是黑得如漆的天空，看久了，眼前就跳荡起一两个如星星一样的白点，后来这几个白点就变成白色的蝴蝶在我面前飞舞。跟着这些白色的蝴蝶，我走出了茅厕。我还要跟着它们去一个不叫傩赐的地方，可我爸不让。就在我的腿迈向一条黑色小路的时候，我爸的眼睛出现在我面前。

我爸的那双眼睛在黑夜里竟然鬼火一样闪着磷光，这双眼睛吓跑了那些将要带我离开这个地方的白色蝴蝶。他把我揪到屋里的灯光下，找准我流泪的脸扇了一耳光。他狠狠地骂我，呆羊！媳妇都躺到床上了，还不晓得该做啥?!

我的脸挨了他一耳光后就迅速变得紧绷绷的，我摸着紧绷绷的脸傻站着。爸就几下把我推进睡房，然后反扣了门。爸在门后面说，别丢脸，你得像个男人！

我被断了后路，前面的路倒显得有些明朗了。我想我爸说得对呀，我是个男人呀。我想一个男人怎么会看着面前躺着个美丽的女人而不知道做什么好呢？秋秋的美丽不是一直都很吸引我吗？那么我还犹豫什么啊？

然而，我看到秋秋的泪流还没断。

我空空的喉咙吞咽了几下，我希望把我身体里那些蜂拥而至的渴望吞下肚子里。

但是，我却感觉到我的心比原来更加浮躁起来。

我说，秋秋，你不是不讨厌我吗？那我们就说话啊。我说，你也听到了，爸把我们的门都反扣了，我们要是不让他们满意我们就出不去了。我们的事情是爸妈安排的，爸妈也是按傩赐的规矩安排的。从你嫁过来那天起，我就已经是你的男人了。虽然我没跟你拜堂，但我已经是你的男人了。我说，我们傩赐这地方，哪个女人该跟几个男人，该跟哪个男人，不是人说了算，是钱说了算。

在灯光下，我看到了自己的另一张浮里浮气的脸。我说，秋秋，你摸摸我的心，看我的心跳得多厉害，我喜欢你。我说，秋秋，你嫁过来的那天我就喜欢上你了，我也是个男人，雾冬能给你的快活我也能给你。

没有看到我的话在秋秋脸上起一丁点儿作用，我变得有点着急了。我说，我看你是看不上我，你说你看不上我哪儿，你讨厌我哪儿？我说，秋秋你别不理我啊，你这样我的心像刀子绞一样痛啊，你今晚要是不跟我说话，明早上我就死了。

可是，秋秋还是紧紧闭着眼，一副雷打也不动的坚定样子。

我突然很恶心看到我的那张浮气的脸。我闭一会儿眼睛，让那张脸离开。后来，我的眼睛里就涌出了一点伤心，我说，秋秋，我跟你说吧，傩赐人要是有办法也不会这样做。我们傩赐地瘦，地高，地里长的还不够糊嘴，人历来就穷，庄上的姑娘好的不好的都往外嫁，宁愿嫁山外的猪，也不嫁自己庄上的人。我们庄上的男人，只能到外面去娶媳妇。到外面娶媳妇还娶不起，就想了个凑钱娶媳妇的办法。我们傩赐人也是人，也知道这种做法恶心，但我们只有这样，才不至于活不下去。

这么说着，我的喉咙被伤心堵上了，我哽咽起来。

秋秋眼皮开始猛烈地战抖，像里面有一群小精灵正拥挤着要顶开她的眼睛。慢慢地，那双圆溜溜长着浓密睫毛的大眼，终于睁开了，但刚睁开又闭上了。

但只这一下，那双眼睛就已经彻底暴露了她的失败。我知道她心软了，女人是泥做的，见不得眼泪。我心里有一个声音告诉我，走进她怀里去吧，她已经把闩在她心门上的那个门闩拿开了。我听到我的声音战抖得很厉害，这个战抖的声音在说，秋秋，我来了呀。

战抖的声音落下的时候，我的身体也开始战抖起来。我抖抖索索钻进被窝，在秋秋身边躺下。我那么近地挨着这个美丽的女人，她的体温她的体味都让我晕头晕脑，伤心渐渐就被一股欲火烧得没了影儿。可是,可是我却不知道该从哪里开始！那么多次,我做过那么多梦,可这下我想从梦里获得启示,却再也想不起那些梦了,好像我并没做过那些梦。在真实面前,梦就逃了,我得靠自己。

我把自己冒到喉咙口的心吞下去,我调动出保存在脑子里的那些曾经从睡房隔墙上偷看来的画面,想照着搬弄。学着画面上的雾冬,我把双手伸向了秋秋的胸。当我的手触到她的乳房的时候,我一下子就清楚我该怎么干了。原来这些事情是不需要师傅的！可是秋秋要阻止。秋秋闭着眼,但秋秋的手像长着眼睛一样。我的手到哪儿她的手就马上跑到哪儿阻止。不过,对于一个正在欲火里挣扎的男人来说,这种半推半就倒成了一种挑逗,我手啊嘴啊脚啊全都动起来,全都乱七八糟动起来。秋秋虽然也跟着忙起来,还睁开了眼睛,但她还是顾此失彼,被我剥成了一条光溜溜的鱼。秋秋就在这个时候在我的肩头上咬了一口。

这一口咬断了我身上的火源,我看到我头顶的火焰跳动了几下,噗的一声熄了,只剩下一股不知道东南西北的青烟。

秋秋捂着脸哭起来,很伤心很伤心地哭。

我的脖子在她的哭声中渐渐软了,头像一只瓜一样重重地吊下来。这样,我就看到了她下身那一片鲜红。

秋秋来红了。对呀,我昨晚就知道她来红了呀！

昨晚,我听到秋秋对雾冬说,女人来了红还干那事,是要生病的。

书本也告诉过我，女人在月经期不能同房。

我是一个崇拜书本的人。我对秋秋说了声对不起。这一声对不起在我们傩赐显得那么另类，它让秋秋在诧异间把伤心也暂时放到了一边。

秋秋喃喃地问我，你说什么？

我说，我说对不起。

秋秋说，你为什么要说对不起？

我说，我，知道你来月经了还要要你。

秋秋眼睛磁了一会儿，两颗热泪就在眼眶里蓄满了。

27

天亮了，爸就到这边来喊，蓝桐、雾冬起来下地，秋秋起来煮猪食、喂鸡、做饭啦。

好像昨天并没发生什么事情。

我在我爸的喊叫声过后睁开了眼睛，我不记得我是什么时候睡过去的，我像是被别人从一个完全陌生的地方突然抛到了这里，一时间竟然没有弄明白自己怎么会躺在秋秋的身边。秋秋也睁着眼睛，她看着屋顶。她看着的那个地方是一块平整的楼板，楼板上有一块不规则的污痕，有点像尿干后留下的，但我知道那是雨水漏进来留下的。后来秋秋把眼睛从那个地方转向了我，但刚碰到我的眼睛就闪开了，慌乱中又回到了原来的地方。我说，秋秋对不起。秋秋就不看那个地方了，她把眼睛闭上了。

我爸又在喊了，那喊声在寂静的清早像雷管爆炸一样。

我说，秋秋你睡会儿再起来吧，我出去就行了。

可秋秋却撑着身子起来了。秋秋默默地起床，默默地去猪圈巷子里烧火煮猪食。

那天，我和爸在地里看苞谷芽。刚刚拱出土来的苞谷芽嫩黄色，这个时候它们最吸引野兔和鸟，而且，播到地里的种子对老鼠也是一种诱惑。我们要看该出苞谷芽的地方有没有苞谷芽，要是没有，那就是种子被老鼠偷吃了，就得赶紧补上。如果看到出土的苞谷芽被糟蹋了，也要补上种子。这种活不费力，我爸就一直跟我说话。

他说，你从昨晚起就变成一个大男人了，今后就别还是一个呆羊的模样。

他说，傩赐这种娶媳妇的方法书上是没有过，但我们傩赐人不是生活在书本上，是生活在傩赐。

他说，在傩赐这地方，你爸能给你们娶到秋秋这样的媳妇，已经是对得起你们了，看秋秋多俊啦！

他说，这庄上除了你妈，就没有一个媳妇比得过秋秋。

我爸不厌其烦地说着话，让我头脑里嘤嘤嗡嗡的，眼睛发晕。我一屁股坐到地上，眼前又开始飞舞起好大一群苍白色的蝴蝶。我的灵魂被它们引诱到空气中，和它们一起舞蹈，翩飞，要去远方了。我爸在我屁股上踢了一脚！当我眼前的蝴蝶突然消失，灵魂吓回到身体里后，我感觉屁股很痛。我爸正站在我身后，鼓着眼看着我的屁股，右脚还蠢蠢欲动地准备来第二脚。原来，我把一窝苞谷芽坐住了。

站起来，看着那一窝被我坐残废了的苞谷苗，我摸着屁股想，我回去吧，这活儿干着无聊。

我这么想着，就真抬脚走人了。我爸在我身后哎哎哎叫我，我也不理。我爸就朝着我的背喊，怎么养了你这头呆羊，妈的！

我跟自己说，呆羊就呆羊，回去睡觉去。

我蒙头蒙脑赶回家，糊里糊涂就挨了几拳。睁开眼睛一看，是雾冬疯子一样站在我面前。他不光打了我，还十分愤怒地抓着我问，秋秋身上不好了你为什么还要欺负她？我早被这突如其来的一顿拳头打傻了，这会儿就成了名副其实的呆羊。雾冬就把我的傻看成是在事实面前的无话可说。他并没有因为我的傻而放弃他的发泄，我被他打得流了鼻血。

这件事情发生得突然，秋秋是在后来听到雾冬口口声声说我欺负了她的时候，才明白这架是为她打的。于是，秋秋上来，抓着雾冬一个劲儿地喊，他没有欺负我！他没有欺负我！雾冬这才停下了。这回轮到雾冬傻眼了。雾冬用一对呆鸡眼看看秋秋，又看看我，然后就怪里怪气地笑了几声。他瞪着眼问我，你没欺负她？我从雾冬的眼里看到的，并不全是由于怜香惜玉生发的仇恨，那里其实有很多是自我悲悯，抑或是自我仇恨。我心里涌过一阵悲凉，不想再看他的眼睛。我擦着鼻血走开。

他的骨头里还有受不了别人轻视的东西，我表露出来的对他的可怜和同情有些刺激了他，他很难受，他把这种难受注入声音里，让声音变得阴阳怪气。他嘿嘿怪笑几声，说，看你这呆羊样，也做不成什么事。他说完这句，就把眼睛转向秋秋，嘴巴扯了一下，又扯了一下，说，秋秋你比一只猫还没意思。

雾冬走开了，他不要看到秋秋，他回到自己那边去了。

雾冬说秋秋比一只猫还没意思，这是一句很奇怪的话，它让我和秋秋两个好一阵真像一对儿傻猫一样愣着白眼回不过神来。后来，秋秋大概想明白了，痴愣的眼睛开始转动，泪水瞬间充盈了双眼，并且奔流而下。正抹着眼，我爸回来了。爸看到秋秋在抹眼睛，还看到我在抹鼻血。他的脸上扯了一下，咳了一嗓子，然后折身出门了。不到一秒钟，他又回来了，大着嗓门儿说，你们爸想吃鸡蛋了，昨天你们妈过来时带来几个鸡蛋，在碗柜里，秋秋你把它炒了。

秋秋默默地取来鸡蛋，默默地炒。香气满屋子飘，我明明看到当时爸也在贪婪地吸着鼻子，可是吃饭的时候爸却说秋秋炒的鸡蛋不香。

坐上饭桌，秋秋还是深深地埋着头，只看着自己碗里的饭。炒鸡蛋肆意地散发着诱人的香气，可她似乎从昨天起脖子里就没了骨头，她抬不起头来。我把炒鸡蛋替秋秋夹进她的碗里，秋秋不领情，默默地又把鸡蛋从碗里夹回去了。我尴尬地去看爸，爸却用眼神鼓励我再干。于是我就再一次往秋秋碗里夹鸡蛋，爸就在这个时候说，秋秋炒的鸡蛋不香，他还是喜欢吃我妈炒的鸡蛋。说我妈炒的鸡蛋，那才叫香哩，一个庄子都能闻到香味儿呢。秋秋听爸说这鸡蛋不好吃，也就不再往回夹了，干脆停了嘴，等着我往她碗里塞鸡蛋。她的碗都装不下了，我也不夹了。我说，吃吧。秋秋像蚊子一样小声问我，这鸡蛋你也不喜欢？我忙说，我喜欢我喜欢，好吃得很哩。这种过激的反应倒让人觉得有了很多作假的味道，秋秋把头埋得更深了。爸用筷子敲我的头一下，说，不好吃就不好吃，谁做的谁吃，让秋秋自个儿吃吧。爸说这话时在跟我挤眼，我弄懂他是故意这样，让秋秋一个人享受那些香喷喷的炒鸡蛋。

可是秋秋不看爸，也从来没看到我爸这么滑稽可爱过，就不知道爸的真正意思。秋秋端着碗，猫一样无声地从我们身边走开，去了雾冬那边。

过了一会儿，秋秋空着手回来了。她埋着头站在我们身边，很小心地说，雾冬还没做饭。我看出来她是在犹豫是不是还要给雾冬盛饭过去，她脸上带着很多为难。

我说，你坐下来吃饭吧，我给他送过去。秋秋飞来一个眼神，在我脸上点了一下。我放下自己的饭碗，用一只大碗给雾冬盛了一大碗黄灿灿的饭，还给他夹了很多菜，然后给他端了过去。

雾冬看是我端着饭，一张正忙着的嘴突然忘了嚼，半嘴黄米饭在他嘴里像屎一样难看。我把饭放下，想跟他说句什么话，但他嘴里的不堪入目让我脑子里突然出现一片空白，把想说的忘得很干净。

回到饭桌前，我看到秋秋还是埋着头在慢慢地吃，样子很像一只猫。

我说，秋秋你抬起头吃饭吧，你这样脖子会痛的。

秋秋嘴上停下了，头却没动。

我说，你不要埋着头，你没做错事。

秋秋还是木偶一样，一动不动地盯着碗里的饭。我看到一颗泪珠掉进了她的饭碗里，接着又有一颗往里掉。而秋秋的头发，那些被风吹起来，显得有些凌乱的碎发，在战抖。

我去看我爸，我希望他能看到秋秋这个时候的样子。爸的眼睛躲闪着我的眼睛，后来，他端起碗到水缸边咕咚喝水，喝完水，他端着碗到院子里去了。

我看着爸的背影消失的地方，对秋秋说，做错事的是我们，该埋着头的是我们，不是你秋秋。你不但要抬起头来生活，而且可以骂我们，想骂谁就骂谁，如果骂能减轻你心头的痛恨的话。

秋秋的头慢慢动了起来，但仍然艰难得抬不起来。

我说，秋秋你要是还想告我们，我陪你去集上。

秋秋终于把头抬起来了，我看到她的眼睛都快要被泪珠子撑破了。看着这双眼睛，我的心要碎了。我说，走吧，我们现在就去。可秋秋却突然冲我摇起了头，把泪珠子摇得满天飞。两三颗泪珠子打在我的脸上，我感觉到一种无与伦比的冰凉。如果一个人的心不是冰凉到极限，怎么会把眼泪流到这般冰冷啊！

秋秋带着一脸冰冷的泪水，到猪圈巷子里蹲下，把哭声和泪水一起捂进她的臂弯里。她的背，一下一下地抽搐，那是她没法掩饰的另一种哭泣。

我走过去，说，秋秋，到房间里去吧，现在，我的那个房间是属于你的。

秋秋不动，背抽得更深了。

我上去扶着她，我把她往上面提，我希望自己能把她带到房间里去。我说你到房间里哭去吧，你想哭就哭出来，别怕别人听到。秋秋就真站了起来，推开我的手，自己朝那边走。可是，她刚走到堂屋，就停下了。她还是不知道是进我的房间好还是进雾冬的房间好。

28

四仔爸死了。雾冬没等陈风水派人来请，自己背了他做道场用的家伙去了。我爸说，我们也得放下活儿，去帮忙把四仔爸送上山。我爸的意思，秋秋也要去帮忙的。但秋秋像没听到一样，手上做着什么就还做什么。爸只好明说，秋秋，你也得过去帮着做些火炉上的活，家里的活先放一放。秋秋说，我不去。爸说，陈风水对庄上人好，庄上人肯定家家都去，除了不能做事的娃可以不去以外，大人全得去的。秋秋还是说，我不去。我爸说，今年陈风水都没算你的集资款嘞，你不去不好。可秋秋还是说，我不去。

我也不想去。对于陈风水这人，我不知道我是喜欢还是讨厌，但这些都不重要，关键是我不喜欢到人多的地方去。我骨子里有很多猫头鹰的特质，我喜欢孤独。

我说，爸，你们先去，过会儿我和秋秋过来。

我爸白我一眼，看得出他对我们不抱好大的希望，但他也没法，只好自己先去了。

秋秋问我，你怎么不去？

我说，我不想去，我想睡觉。不上学以后，我最大的爱好就是睡觉。懒懒地躺在床上，什么都不想，又好像想得很多很远。人变得很轻，像一片鸡毛在空中飞翔，有时候又变得很重，却像躺在船上漂。

秋秋问我，蓝桐你是不是在生病？

我说，我没生病，我是懒惰。

秋秋可能还没有看到过自己说自己懒惰的人，她惊讶地看着我。我说，我真是懒惰，我不喜欢干活，我怕累。秋秋说，那你去睡吧。我就真躺到床上去，拿一本课本盖住脸，慢慢地去找寻那种发飘的感觉。但只一会儿我就起床了，我发现我不能像以往那样平静地躺着了。我想看见秋秋，哪怕是远远地看着她也行。

我妈也在四仔家帮忙，没见着秋秋，就抽空来喊秋秋。秋秋正坐在院子里，眼睛看着前面的一块地出神。那块地是泥地，很潮湿，被小鸡们用脚刨出了好多伤痕。有两只已经长上了翅膀的小鸡，就在秋秋视线的终点处一下一下专心地刨着，仔细地寻找可以啄进肚子里的东西。

我妈轻轻唤了一声秋秋，秋秋醒过来了，但仍然没有力气把目光拔回来。我妈走进屋里，端出一个小板凳，坐到秋秋身边。秋秋这才把视线从那块地里拔起来，叫了一声妈。

我妈说，四仔爸死了。

秋秋说，我知道。

我妈说，怎么不过去看看？

秋秋说，我身子发软，头有些晕。

我妈说，得熬点姜水喝，我给你熬去。

我妈站起来，真要去替秋秋熬姜水，秋秋忙站起来说她自个儿熬去。我妈说，你不舒服，歇着，我替你熬，一下就好了。我妈走路比秋秋快，秋秋只好眼睁睁看着她把活儿抢了过去。

我妈捅开火，锅里放上水，洗姜。

秋秋站一边，心里一阵暖流漫卷，就想把心窝子掏出来给我妈看。

秋秋说，妈，我不知道这日子该咋过。

我妈看也不看秋秋，像拉一件很家常的事情一样说，看别人种苞谷了，就种苞谷，看别人开始插秧了就插秧，日子跟着季节过就行了。这么说着，我妈抬头看了我一眼，问我，蓝桐，你那些书上是不是这样说的啊？我没有回答我妈，我看着秋秋，没有思想地看着。

秋秋看我一眼，小声对妈说，妈，你真是那么容易就过来了吗？

妈说，日子这东西，你把它想得简单一点，过起来就简单；你把它想得难了，过起来就难了。这人啦，得把自己当棵草，放哪儿在哪儿生长，遇风遇雨，遇热遇冷，都不能当回事儿。

秋秋说，妈，那你说我还该对雾冬好吗？

妈说，该呀，对谁都得好，女人就得对自个儿的男人好。

秋秋不作声，把头埋下。

妈熬好了姜水，看着秋秋喝。她要秋秋喝完了跟她一起去四仔家转一趟。秋秋说，不想去。我妈说，去，怎么不去？跟妈一起，去看看，帮忙的事儿你不想动就算了，但你得去看看。庄上死了人，你走拢去，多个人气，多个声音，丧家热闹一点。

我妈是想帮秋秋过一道关口，只要秋秋能站到人前，这往后的日子就轻松一些了。

我妈说，不光你要去，蓝桐也要去。我妈要把秋秋拉走，我觉得一个人在家也无聊了，就跟了她们一起往四仔家去。

四仔家满院子都是忙碌的人。秋秋被我妈拉着手，走路不敢抬头，眼睛不敢看人。妈却把她拉到人前，把别人介绍给她。

这个叫婶，那个叫叔，这个你该叫嫂子。秋秋不得不抬起头跟人家点头，跟人家微笑。这个过程很重要，在这个过程中，秋秋看到别人的眼睛里并没有鄙视或者低看她的意思。她看到的是别人对她的容貌的羡慕，听到的也是别人对她容貌的夸赞。他们的表现让人觉得他们并不知道秋秋身上发生的事情，或者就是他们并不在意秋秋身上发生的这件事情。走了一圈儿，秋秋头也慢慢抬起来了。看着一堆女人在择菜，妈就拉着秋秋过去。女人们就都看着秋秋打招呼，问妈新媳妇叫啥名儿。有知道的就说，是叫秋秋吧？山歌子唱得特好啊。我妈就说，就是叫秋秋。我妈就指着这些个女人，一个一个地让秋秋叫。秋秋叫过了，女人们就咂咂嘴，说秋秋你也是跟我们一样顶太阳冒雨的，怎么就晒不黑呢？说，你也是扶犁握锄头，怎么腰就那么细呢？秋秋不好意思地埋下头，女人们就不说秋秋了。四仔妈在哭丧，她们都支着耳朵听四仔妈哭丧了。

我们傩赐人，哭丧有哭歌的，但各人家的丧情不一样，哭出来的只是调没变，词差不多都变了。

四仔妈扯着个大嗓门儿，是这样哭的：

叫声哥哟我的君，我说你才没良心。
哟——没良心。
跟着你来已十年，你好生站着没十天。
哟——没十天。

吃好睡好还不算，还抛下我们上了天。

哟——上了天嘞！

……

大妞顶着一头蓬乱的头发，站在她妈旁边，眼睛里噙满了泪珠，喉咙里呜呜地。二妞和三妞却在一边追打得欢，四仔吊在他妈怀里，从妈妈的腋下拱出个头来，一双眼睛溜溜转。女人们听着，看着，眼窝就有些酸起来，就开始谈起四仔的爸，说他什么时候得了肺结核，什么时候娶了四仔妈，又什么时候就躺在床上起不来了。

第十章

29

雾冬这天夜里没回家。早上起来，秋秋看到昨晚留着的门仍然没有闩上门闩，就看着两扇门发愣。我起来看到她正愣怔，替她打开门。她说，雾冬昨晚没回来。我说，做道场的时候道士都不兴回家。她说，可以前那么远他都回来。我想这事很难跟她说清，也懒得说，就上茅厕去了。

秋秋就在我蹲茅厕的时候轻轻冲我喊，蓝桐，我去四仔家了。

我说，你等等我，我也去。

可秋秋似乎等不及我，她说，我先走着，你后面来。等我从茅厕里出来时她真的不在了。我赶着跑了一段儿路，才撵上了她。

四仔爸是早上 8:30 下葬，雾冬一早就起来设坛做道场。秋秋巴巴地等到雾冬唱完了这坛，给他端了一碗茶水过去，悄悄问他为什么离家这么近晚上都不回家。当时旁边的人多，雾冬不好回答，三两口把茶水喝完了，把碗递给秋秋，小声跟秋秋说，他这边完了跟她说话。

接下来就要准备发丧了，雾冬喝下秋秋端的茶水，精神突然大振，爽着嗓子喊，帮忙的准备好杠子、篾条没有？那边有人说，准备好了。

我们傩赐人抬丧用篾，不用麻绳。篾得是新鲜的，刚从竹笼下砍来的竹，破成篾，会散发出浓浓的清香。

道士的锣鼓敲得密了，唱经的声音也拔高了。这个时候是道士们最威风的时候，在场的人几乎全围着他们，全神贯注地等待着掌坛者的命令。雾冬穿着件黑袍，戴着顶黑冠，手里舞着把黑色长剑，道气横飘。庄上的壮年男子全站到已经捆绑好的棺材边，等待抬丧。雾冬目无凡人，把一只公鸡在空中舞一下，扯下一撮鸡毛，掐下一点鸡冠，沾了血，把鸡毛贴上棺材。然后，把公鸡放在横于棺材上的杠子上站着，口中念念有词，鸡就那么乖乖地蹲在杠子上，成了真正的木鸡。旁边就有人喊起来，亡人要上山了，孝子快哭啊！于是，棺材边儿上原先咽咽唱着的丧歌声突然就高扬起来，哭丧的队伍也加大了，悲伤抱成一股排山倒海的声音汹涌起来。

围在旁边的女人们，眼窝浅的就开始抹泪了，有的还忍不住起了哭声。

道士雾冬，左手举起一个瓦罐儿，右手举起长剑，口中念叨一阵，突然击破瓦罐儿，高喊一声，起！

这一声令唤起了一团吼声：起！

棺材就被壮年们用肩头扛起来了。

雾冬唱：

走吧！
大鸡带你走到冷水谷，
大鸡带你走到冷水冲，
那里有黑竹一对，
你去摘根做杖柱，
拄着它去过奈何桥……

哭丧的全站起来，深深地埋着头，哭喊着踉踉跄跄跟上了送丧的队伍。

送葬队伍一路放着黄烟，炸着鞭炮，热热闹闹把棺材送进了墓坑里。这个时候，孝子要背对着墓坑，五体投地地哭。等道士念完经，就有个人来叫孝子去看亡人最后一眼。

四仔妈在我妈扶着她到墓坑前看四仔爸最后一眼的时候突然就朝坑里扑，好几个女人上去拉住她，她才没能扑上去。这时候她的哭声，词也没了，调也没了。哇出一声，气往肚子里拉好一阵才又哇出一声，是那种真正的撕心裂肺的哭。这种哭声感染力极强，女人们全给她逗得满脸湿透。

道士终于把呼啦啦舞了半天的幡朝着墓坑前边扔了，孝子们，还有看热闹的人们，得马上离开这个地方，沿着来路回去。走得慢了，怕魂被死人拉回去盖棺材里了。

留下来的是一些男人，为四仔爸垒墓。

到此为止，四仔爸的丧事就算完了。一些牵挂着家里的女人就径直往家赶了。秋秋没有直接回去，她还回到四仔家。

她还记着雾冬说过的忙完了跟她说话。秋秋虽然已经跟我住一起了，而且走上走下我都跟她在一起，很像一对夫妻了，但她一时还不习惯把雾冬全部放下。雾冬虽然心里别扭，却也没有完全放下秋秋。他还记着秋秋刚才问过他昨晚怎么没有回家，他还要跟秋秋解释。他说，他昨晚没回去是因为四仔爸的葬期紧，半夜也设有坛，回不去。秋秋说，这才多远的路啊，这里人多，你也不怕没地儿睡？雾冬酸酸地笑几声，把一辈子的深情都聚集在眼睛里看一会儿秋秋，却又突然发现我还杵在一边，角色和关系的复杂别扭让他脸上起了尴尬。他提了一口气，把声音提到别人都能听到的分贝，说，昨晚小水庄死了个人，我这会儿得赶到那边去。

然后，我们就该从他身边离开，回家了。

回到家，秋秋就自作主张，把爸妈睡房隔壁那间用来堆杂物的房间腾干净了，把我们的铺盖搬到了这间屋子。

我问她为什么要这么做，她不看我也不回答我，但脸红着。

当晚，秋秋睡前打了一盆水进睡房，关上门把自己洗得很干净。我一进睡房就闻到一屋子的香气，这香气让我胸口发紧，像被谁捏住了脖子。我深呼吸一下，渴望就开始在胸腔里躁动了。我摸着黑钻进秋秋的被窝，在自己的体气和秋秋的体气弄出的燥热气流中眩晕了一会儿，然后偎了过去。

秋秋突然说，来吧。

我心里咚的一声。

秋秋又说，来吧。

我心里又咚的一声，接着又咚的一声。接着我就开始了无法抑制地战抖。

秋秋在被窝里把衣服脱光了，把我的手拉了放到她的乳房上，然而我的手却抖抖索索伸向了她的下面。当我的手触到那一片丰润的草地的时候，我开始像牛一样喘息。然后，我小心翼翼地，让我最接近心灵的那一只脚踏上了那片神秘而美丽的草地。我陷进了沼泽。我感到我正在被一种吸引力往纵深处拉，我的胸口发紧，眼睛发黑，轰的一声，我就变成了一个气泡。气泡在空气中破灭，我终于全部陷进了沼泽，再也见不到世界了。

30

听到爸的叫喊声醒来，秋秋已经不在我身边。我用极短的时间回忆了一下昨晚的情景，心里热热的，身体就积极起来。我知道自己渴望马上看到秋秋。我翻身起床，穿衣出来只用了平时的十分之一的时间。秋秋在煮猪食。她低垂着眼帘，看着灶洞里呼呼燃烧的火出神。火光映在她的脸上，使她看上去有了一种婴儿才有的单纯和恬静。我怕吓着了她，对着她的耳朵轻轻唤了一声秋秋。秋秋抬起眼来，给了我一个浅浅的却是非常会心的笑。就这一笑，使我浑身充满了力量，我以为从今天开始，我就会踏踏实实面对我爸给我的生活了。但当我高高兴兴和我爸和秋秋一起走到地头的时候，我的力量又退缩了，我发现，我还是不喜欢这种生活。

爸叫我和秋秋去水田里做育稻秧的苗床。爸安排我拖犁，秋秋铲田坎上的草。我不想拖犁，那是牛干的活，我不是牛。我爸说，那你来扶犁，老子拖行不？我爸把眼睛瞪得像雾冬们唱的傩戏里的山王一样大，我知道他恨不能甩我几鞭子。但即使他甩我几鞭子我也不喜欢干活，拖犁、扶犁我都不喜欢。水田经有了暖意的太阳一晒，就长出了一些野荸荠。那东西叶子像一根长针，翠绿翠绿，在我们傩赐这个生硬的地方，茅草都长得像刀，它还能保持着它本来的柔嫩，就让人十分感动。我知道犁把烂泥翻起来，顺着草就可以找到指头儿大的野荸荠。我还知道那东西洗干净了，吃起来清脆香甜。所以，最后，我还是下田了。但我扶犁，我爸在前面当牛拖。

秋秋悄悄对我说，你去拖吧，哪能让爸拖？

秋秋的意思是不能让爸当牛。但我不觉得这跟我当牛有什么区别。我爸都当了几十年牛了，多当一回，算不了什么。

我一边扶着犁，一边看着被翻起来的泥，找着了野荸荠，就往秋秋身边扔。秋秋捡起来就田里的水洗了，放进嘴里吃。我不停地找，不停地扔。秋秋看看爸的脸色，说，好了，我不吃了。我说，你不吃我吃了啊。

我爸实在忍不住了，站下来，回头气呼呼地瞪着我，要吃了我一样。我心里说，你瞪什么瞪？再瞪我就走了。但我没让这话从喉咙里出来。我吊下头，表达了我对他瞪眼的不在乎。

不远处一块田里是陈风水和四仔妈。这两人本来是公公和儿媳关系，可总是弄得跟夫妻一样。陈风水犁田，四仔妈铲田坎，四仔就在一边玩，三个妞在不远的地方割草。看到陈风水是用牛拖犁，而我们却是人在拖，我心里很不是滋味。我爸心里也肯定不是滋味，要不，他不会时不时地拿眼去看陈风水，而且越看眼睛越红。

我爸说，妈的，你来拖！

这两个拖犁的场景，我爸最后还是受不了这种比较。

我心里说，你受不了我就受得了？我说，你不拖就算了，不犁了不行吗？我说完就放下犁，上田坎走了。我爸给我气得话都说不出来了，只吼出两个短促的气声。我心一软，回过头看他一眼，坐下来，想等他来揍我一顿。我想，他揍上我一顿心里的气就顺了，但揍了我我还是不会再去拖犁的。

陈风水朝这边喊，长根兄弟你别慌，等我把这块犁完了，来替你犁上几铧。我爸跟陈风水干干地笑几声，骂我，说，他妈的早知道上学会把人上成这个模样儿，老子就不该空花那么多钱！这话是回答陈风水的，我没必要答理，也懒得答理。我看看天空已经变蓝，就倒在地上，嘴里咬一根草，看着天空想我的心事。我的心事是些什么，我也从来没弄明白过，好像很多很乱，理不清。越理不清我就越想理，在暖暖的太阳底下想心事是很享受的。

我爸给我气得没了力气，也坐到田坎上抽烟。陈风水就放了牛，过来跟我爸一起抽烟。他们抽的都是草烟，那东西燃烧起来，冒出的烟像我们傩赐深冬时的雾，一团一团的，又厚又重。味儿也是浓烈的，远远地你也能感觉到它对你的侵略。陈风水居然朝我扬起一张烟叶，问我抽不抽。我懒懒地说，不抽。我爸说，别理那狗杂种，妈的，当初就不该让他妈的上学！陈风水说，别这么说，我还正想跟你商量件事呢。我爸点上了烟，很迷醉地深深地吸一口，眯着眼说，商量啥事？

陈风水也吸了一口，表情跟我爸很相似。他说，妈的，我想，上面修个学校还在叫我们交款嘞，不如我们自己修个学校，让蓝桐当老师如何？

我爸像牙痛一样咝咝一下，说，这样，行？

陈风水说，咋不行？我们傩赐庄好多娃现在上不了山外的学校了你知道不？那些学校要户口，可我们傩赐有好多娃都没上户口不是？他看看不远处正割草的大妞她们，说，光我家就有三个。你说这些娃吧，总不能一天学都不上是不是？好歹也得让她们能认识个钱呀，能写得出自己的名字是不是？

我爸突然呵呵笑起来，说，村主任这主意好，我赞成。又乜过眼来恨恨地看看我，说，他妈的不想干活，就让他教书当老师。大概是已经在脑子里看到我当上老师以后的风光了，我爸竟然那么快就放下了心头的气，跟我说起笑来。我爸说，蓝桐还不来替你风水伯点支烟，妈的，你要当老师了哩。我说，我不想当老师。我爸被噎了一下，又想发火。陈风水却制止他，说，先不要冒火，年轻人气头上啥话都会说的。这事儿我还得到各家走走，得先让大家凑上款子把学校修好。

他凭什么说我正在气头上呢？我并没有生谁的气呀。我觉得陈风水很自以为是，不想听他们说话，把脸别过来，看另一边。另一边，秋秋已经铲完了田坎。原来还是一条毛乎乎的田坎，现在光光的，很干净。过一会儿，秋秋就要铲一些田泥糊到田坎上去，这样才保水。秋秋从水田里起来了，她可能是感觉到小腿上的痛了，提起脚就往那里寻找痛点。她的腿上爬着几条青色的蚂蟥，这东西让她感到可怕。我看到她慌乱地拍打自己的腿，心里就跟她一样地恐慌起来。自从有了昨晚上那一种直抵生命的肌肤相亲以后，秋秋似乎就成了我身上的一块肉。我赶紧翻起身去为她拍蚂蟥。这东西有一张尖嘴，尖嘴伸进人的毛孔吸血。秋秋显然对这东西没有经验，她拍了几下，不见有用，就用手拉。那东西全身滑溜溜的，而且身体弹性很好，你拉它，只能越拉越长，却丝毫动摇不了它的嘴。秋秋急得一头汗。我在她腿上噼噼啪啪一阵拍打也不见效，也有些急了。我爸喊道，来拿打火机去烧。我忙跑去我爸那里拿来打火机点火烧，那东西屁股一被火烧着了，还真就蜷成一团掉下来了。我爸很得意，说，对付蚂蟥得讲究方法，使蛮力是不行的。

秋秋抹着汗说，我们那里的田里没这个。

我爸说，你们那些田都是干田，冬天也放干了种油菜的，蚂蟥都生在我们这种冬水田里。我爸笑笑又说，这会儿太阳把它们晒暖和了，它们就出来找东西吃了。

听我爸那口气，像这些蚂蟥是他养的宠物。我特别恶心这东西。倒不是说它有多脏，而是恶心它那德行。蚂蟥的生命力无与伦比，它是世界上地地道道的吸血鬼。

爸吸完了烟就要下田了，陈风水也回他的田里去了。

也就是说，我也得下田，秋秋也得下田。我说，秋秋不要下去了。秋秋看着我，我爸也看着我，我谁也不看。我重新坐下来，说，我也不下去了。我爸破天荒地在这种时候居然开心地笑起来，说，你们不会是怕蚂蟥吧？我说，我怕蚂蟥，秋秋也怕蚂蟥。我爸说，妈的，这玩意儿又吃不了人，怕个什么？我说，那东西让人起鸡皮疙瘩。我爸又笑，说，妈的，起鸡皮疙瘩就不干活了？快来拖！我拉起秋秋，说，走，我们回去。秋秋不敢，甩我的手。我说，你不怕蚂蟥啊？秋秋点头又摇头，很为难。四仔妈就在那边说，叔让他们回去吧，过会儿我们过来帮帮就完了，也没多大一个活。我爸就呵呵笑，把声音提得很高，喊道，那就回去好好弄一桌饭，完了你们风水伯他们要来吃饭的。陈风水说，饭算个啥？还非得要去吃？不去了，你们别管我们，快回去吧年轻人，呵呵。

不管怎么说，我们可以离蚂蟥远些了。

31

岩影抱着一只绝对美丽的锦鸡来到我们家。

当时，秋秋正在跟我谈我当老师的事。她跟我爸一样对这件事情抱有特别的兴趣。我告诉她我不想当这个老师。她说，当老师多好啊，教别人读书，受人尊重，还可以拿工资。她说话时眼睛里全是羡慕和憧憬。就是在这个时候，岩影抱着锦鸡来到我们家。岩影抱着锦鸡，无论从色彩还是模样都是一种夸张的对比。岩影那么灰暗，锦鸡那么鲜亮。岩影那么猥琐，锦鸡那么激昂。秋秋就在看到岩影的那一秒钟被这种对比弄呆了。

岩影畏畏缩缩地把锦鸡举到秋秋面前，说，我叫黑狗帮着逮的，炖来吃吧。

秋秋呆头呆脑的，看我。

我替秋秋接下了锦鸡。

可秋秋突然说，不要。我抱着锦鸡不知道该怎么办。秋秋又说，还他。

岩影说，这个很香的。

秋秋看着我，坚定地说，还他。

我只得把锦鸡送还到岩影的手里。我心里很可怜岩影，我说，大哥，你自个儿拿回家炖吧。岩影把锦鸡接过去，却径直送到秋秋的面前。

他说，秋秋啊，野鸡这个时候肉最香了。

秋秋连正眼都不看他，说，拿回去你自个炖吧，我不吃这个。

岩影说，你不吃这个？那你想吃哪个？

秋秋说，我想吃哪个不关你的事。

岩影说，你想吃啥就说，我去弄。

秋秋赌气说，我想吃月亮肉，你弄去吧！

岩影说，秋秋你说笑话啊，月亮哪有肉啊？你是不是想吃酸梅？

秋秋白一眼岩影，走开了。岩影却抱着锦鸡跟着秋秋追。秋秋恼着火喊我，蓝桐！我知道秋秋是讨厌岩影了，想我赶他走。但我们是兄弟不说，秋秋也是他的媳妇，我凭什么赶他呢？我只能说，大哥，你把鸡放下吧，一只手抱着累呀。岩影不理我，还是抱着锦鸡撵秋秋去了。锦鸡在他怀里不停地叽叽咕咕，时不时地还试着想张开翅膀。秋秋在火炉上忙做饭，岩影在她身后跟着，晃来晃去。他还惦记着秋秋是不是真的想吃酸梅了，因为秋秋没正经回答他想还是不想，只白了他一眼。这回，秋秋失去了最后的耐性，对他说，我是想吃酸梅也不关你的事！你走开！这句话被岩影看成是肯定的答复了，他没有走开，他看不到秋秋脸上的恶心。他还缠着秋秋问，你真怀上娃了？是雾冬的？秋秋终于哭笑不得地扔了锅铲朝我喊，蓝桐，屋里来疯子了，你也管管吧。

我只得上去拉岩影，岩影却把我拉到门外。他神秘兮兮地问我，秋秋真怀上娃了？我说，没有的事儿，你回去吧。他这样我真怕不注意把他的身份暴露了。说真的，秋秋这几天因为雾冬没在她面前晃，她和我的日子看起来已经安静下来了。如果让正慢慢适应着新日子的秋秋，突然又听到这个只有一个耳朵一只手的老光棍，这个在她看来神经兮兮的人正巴巴地盼着她跟我过完了，就过去跟他过，那么，秋秋还会把和我的日子平平静静地过下去吗？鬼都不会相信！

秋秋好可怜。

可岩影也可怜啊。这个老光棍好不容易才凑齐了份子钱娶了三分之一个媳妇，他却要等到他的两个兄弟慢慢把日子过到他这儿才能把媳妇搂进家门。而如果秋秋在这之间跟谁怀上了娃，他就得等更长的时间。

我悄悄对他说，大哥，你回去吧，别让秋秋知道我们中间还有你。

他不解地问为什么。问完了皱起的眉头就松开了，点点头，说，是，也是。但他还不走，他还有话要跟秋秋说。

他就那么傻乎乎地抱着锦鸡又跑回到秋秋身边，说，我不是疯子，我是真想把这只锦鸡送你，你要不想炖，养着也可以，它不光好吃,也好看哩。

秋秋不理他,他就把锦鸡用一只背篓盖了,留恋地看看秋秋,走了。他一转身就唱起了山歌,不回头,只把有些沙哑的歌声努力地留下来。

自从那天见妹面,
哥哥魂儿就被妹牵。
朵儿妹呀妹朵儿,
哥哥的魂你要好好管。
……

看着岩影的背影出了门拐弯儿不见了,歌声也渐渐消失了,秋秋深深地叹了一口气,忧愁地说,那屋里怎么不是疯就是傻呀残的呀?又跟我说,以后,碰上他来,你就轰他走。我想说,他不是疯子,他正常着哩。但我只能说,行,下回他来了我就把他轰走。

秋秋恶心岩影,也看不惯岩影送来的锦鸡。她说,一会儿陈风水村主任肯定是要来吃饭的,我们干脆把它杀来做菜算了。我说,你杀吧。她说,我不敢杀鸡。我说,我也不敢。我还说,别人杀我看也不敢。秋秋咬着嘴唇看了一阵那只花里胡哨的锦鸡,恨恨地说,留着看着也烦。秋秋把锦鸡抓起来,把它美丽的头放到板凳上,举了菜刀,闭了眼。可是她没砍下去,后来她睁开眼，看了它好半天。然后她看着我问，我放了啊？我说，你要放就放吧。她就把手松开了。锦鸡扑棱几下，还是没能逃跑。它的脚给几根稻草捆着。我替它解开稻草，它就没命一样奔逃起来，像一团五彩的火焰，随风飘出了院子。

这天晚上，秋秋又变成一块神秘的沼泽把我吸进去，让我变成一回气泡。当气泡终于破灭，我又从气泡中回到床上的时候，我闭着眼把那一个美丽的死亡过程回想了一遍。然后，我想看看秋秋在做什么。昏暗中，我看到她正睁着大大的眼睛，看着屋顶。我悄悄问她，秋秋，想啥呢？秋秋幽幽地问我，我要是怀上娃了，怎么办？我说，你要是怀上了我的娃，你就在我这里一直住到把孩子生下来，养到半岁以后，那是整整一年半时间。秋秋突然拉亮了电灯，像一头惊喜的美丽的野兽一样盯着我。我说，秋秋你怎么了？秋秋说，我们来呀，我们赶快怀上娃呀。秋秋抱着我猛亲，想把我的兴奋劲儿折腾起来。秋秋还从来没这样过，自从她嫁过来，在这种事情上从来都是男人火急火燎，根本就没轮到她来兴风作浪。

秋秋的特殊表现让我又惊喜又害怕，她浑身打着颤，像是激情澎湃，却又更像是对什么事情无边地恐惧。

我说，秋秋，你害怕什么？

秋秋说，我害怕一个月，我要过一年半，我不要过一个月。

秋秋说，快呀，我们来呀，我们赶着怀上你的娃，我们就可以安安稳稳过一年半日子了呀。

秋秋在我怀里拱着，说着，竟然忍不住起了抽泣声。

她这是喜极而泣。在似乎没有尽头的昏暗日子里，她终于看到了那么一点不一样，那么一点微茫的希望。就这么一个微茫的希望，让秋秋在灰蒙蒙如大雾笼罩的日子中找到了目标。秋秋就这么一边抽泣一边喃喃着，我们怀娃吧，蓝桐，我们怀娃吧……

第十一章

32

雾冬从外庄回来了,故意在那边弄出很大的动静。秋秋在这边洗脚,都准备上床睡觉了。听到那边的动静,秋秋有心要过去看,却又有些犹豫。我说,是雾冬回来了。秋秋怕我不高兴,进睡房去了。我想她肯定还要出来的,也没急着跟进去。后来,秋秋真出来了,她小声跟我说,我去上厕所。

可秋秋没上茅房,她去了雾冬那边。

雾冬像知道她要过去一样,杵在屋中央等着她。

她说,回来了?

雾冬说,嗯。

秋秋说,吃过饭没有?

雾冬说,在那边吃过才回来的。

秋秋说,要热水洗脸吧?

雾冬说,天不冷了,我不怕冷水。

到这儿，他们两个都好像没话说了，杵在屋中央，两根木桩样。

后来，秋秋说，我问你个事儿。

雾冬说，你说吧。

秋秋说，你和蓝桐，是不是说过，我怀上了谁的娃就先跟谁过一年半？把一个月变成一年半，是真的吗？

雾冬说，是真的，这是庄上的规矩。

秋秋脸上立刻就上来一片笑影。她终于得以确定，路途前面那个亮点不是随时可以飞走的萤火虫，而是一个真正的火把。而这个时候的这种宁静的笑，却深深刺激了雾冬。雾冬语气突然降到零度，说，你很高兴？

秋秋被问得有些发傻，我高兴了？我不应该高兴？她说。

雾冬的话充满寒气，他说，你为谁高兴？你怀上我的娃了还是怀上蓝桐的娃了？

秋秋听得一脑门儿的寒冷，说，没有怀上，谁的都没有怀上。

雾冬问，那，你想怀上谁的娃？

秋秋说，我……

雾冬说，你们把睡房都搬到那边去了？

秋秋说，是的，是我搬的。

雾冬的话让人牙齿发酸，他说，蓝桐对你比我对你好？

秋秋不看雾冬，也不说话。

雾冬不跟秋秋说话了，急着转身找泄火对象，扭头正碰上我的眼睛。他把嘴角扭了一下，踢了旁边的一只木椅子一脚，进自己的睡房，把门哐地关上了。

秋秋回到我这边，像只被打蒙了的兔子一样木头木脑地钻进睡房，和衣就躺上了床。

我想寻点话安慰她一下，她却问我，你说我该先怀你的娃还是先怀雾冬的娃？我说，你愿意先怀上谁的就怀谁的。她不眨眼地看着我，看着看着泪水就充满了眼眶。她说，我愿意先怀你的。又说，但是雾冬会不高兴。

我说，他肯定会不高兴。

秋秋说，可我还是愿意先怀上你的娃。

我说，为什么要那么早怀上娃？这个问题问得很愚蠢，愚蠢得让秋秋很伤心。我明明知道她为什么那么想怀上个娃，但我懒散的心却懒得去管她的心事，我只顾想着我的心事。我的心似乎是拒绝她怀上我的娃的，因为我明白娃是条绳，会把我和秋秋生生地绑在一起。而我，不知道是什么时候，或许是要离开这个地方的。

秋秋拧着眉头，她不明白我为什么要这样问她。

我也懒得解释，就说，你要是想先怀上我的娃，我们就做娃吧。

秋秋还拧着眉头，但是她说，那就做吧，我还是愿意先怀上你的娃。

秋秋开始脱衣服，把自己脱得如同一条鱼，动作和表情却又是一条鱼即将上岸赴死时的悲壮。我胸膛里痛了一下，像是心脏被谁揪了一把。我把秋秋轻轻搂过来，怕碰碎了她一样地搂着。秋秋像一个心急的庄稼人怕耽误了季节，也不管我当时的情绪，一如打点一棵庄稼苗，她严肃认真，充满虔诚地为我脱光衣服，然后把我搂上了她的身体。

从此，秋秋谁的脸色也不看，闷着头细心耕作。她的执着感动了我，我渐渐发现，再被她搂上身的时候，我身体里冲动着的不再是纯粹的对她的肉体的欲望，也有了一种跟她一起耕耘、一起奋斗的献身愿望。我们都很天真，以为娃就像瓜一样，种下地不几天就见芽了。可是我们努力了好久，仍然看不到发芽的迹象。秋秋悄悄问我，我怎么不吐呢？我怎么不见想吃酸呢？

我也不知道。

我们就那么凄凄惶惶地把我们的新婚日子过到了尽头。

33

就在我和秋秋一个月日子的最后一个时间，雾冬背上他的家伙又去了外庄。那个早上，秋秋就该从我这里离开，去过下一轮日子了，可雾冬招呼也没打一声就走了。那个早上，我们都很疲惫。头一晚我们拼命干了一晚，我们耗尽了我们骨头里所有的精气。但是那天早上，我们都没有睡过去。秋秋到最后也没有出现想吃酸或者呕吐的现象，她一直在失望着，同时也侥幸着。秋秋说，我虽然没有想吃酸但我的红还没来。秋秋说，我每月都要推迟几天的，要是能把我们的日子也往后推迟几天，说不定……说不定什么？当然她想的是“说不定就怀上了”。但是，谁为她推迟这个时间呢？简直是白日梦啊！但是秋秋说，雾冬又走了。她说，她清晨起来上茅房时看到雾冬走了，她说，雾冬走的时候还背上了他的那些做道场的家伙。她以为她下面的日子是回到雾冬那里去过。她说，雾冬走了，她就可以继续在我这里过几天了。

秋秋为这个可能多得的几天日子激动着，说，只要她过几天都还不来红，就说明她是怀上娃了，那她就不过雾冬那边去了，她就跟我好好地生下娃，养好娃。

可是，秋秋下一个月要跟的是岩影，而不是雾冬啊。

我盯着屋顶，听着秋秋这些话，心里直想哭。可是我又能做什么？我像翻垃圾一样翻弄着我的思想，里面没有一点积极的东西。倒是发现，我比秋秋还要恶心傩赐庄的这种生活，我比秋秋更想逃离傩赐这个地方。

爸在外屋扯着嗓门儿喊我们快起床。

我不想起床，我害怕看到秋秋被迫去岩影那里时的伤心欲绝。

秋秋也怕起床，她紧紧搂着我，说爸是不是又叫我过雾冬那边去啊？我明明知道等待她的不是雾冬，而是岩影。我还知道，迎面而来的这个结果会把秋秋打击得身心俱碎。但是，我却不能告诉她真相，我只能一如所有的傩赐人一样，做一个心痛的旁观者。

秋秋把嘴对着我的耳朵说，蓝桐，我们跟爸说，把我们的日子延长几天，说不定延长几天就行了。

我看着屋顶，细心地品味着心痛的滋味。

秋秋突然被什么咬了似的激灵了一下，说，对了，蓝桐，我们挣钱，我们挣钱来把雾冬的钱还了，那样我们就可以过完全的日子了。秋秋被她突然间的聪明激动得泪光闪闪，可是，爸又在叫了。

爸那口气听起来好像我们得罪过他。

我们只好起床，但秋秋还在喋喋不休地跟我说，我们挣钱，我们把雾冬的钱还了……

我们一出睡房就看到岩影杵在屋中央。

秋秋吓了一跳，她害怕这个疯子，往我身后躲。岩影却上前要拉她，说秋秋我来接你了。秋秋尖叫一声，受惊的鸡一样扑棱着往我身后寻救。我拦着岩影叫他别吓着秋秋，我只能说这样的话。可这样的话秋秋和岩影都不满意，秋秋叫我快把岩影轰出去，岩影又叫我别多管闲事。我爸把我们叫起来肯定是因为岩影早来这里等着了，但这个时候，他却不关心这里的事了，人影都见不着一个。

岩影对秋秋说，秋秋，你是我和雾冬、蓝桐三个人一起打伙娶的，你现在轮到跟我去过日子了，跟我回去吧。

秋秋喊，你这个疯子，快滚出去，不然我叫蓝桐打你！

岩影说，你问蓝桐，你问他我是不是疯子。

秋秋来看我，我不敢看秋秋，去看外面，外面好像又起了雾。那么，今天的天空应该又是一轮白太阳了。我想。

秋秋想也没想，就提起身边的一只板凳朝岩影打去。

但这只板凳打到空中就给岩影抓住了。岩影顺手拽掉秋秋手里的板凳，又抓住了秋秋的手。秋秋尖叫着往我这边挣，喊我救她。可我怎么能救她呢？我能打岩影吗？我能叫岩影不要把秋秋拉回家去吗？我凭啥？我这时候才明白为什么雾冬要选择在这个早上悄悄离去了。

我只能说，岩影大哥你好好说，别吓着她。

岩影才不理我呢，他抓住秋秋不放，任秋秋怎么打怎么挣。有一刻，秋秋慌乱中抓得了一根槌衣棒，这根槌衣棒最终打在了岩影的额头上，额头出了血，血沿着前额往下流，流到眼睛边上，还继续往下流，但岩影仍然没有放开秋秋。这个平时看起来畏畏缩缩的人，这会儿倒完全是一个男人的样子。他就像一根拴住了秋秋的铁桩子，一任秋秋疯狂挣扎，只在秋秋手里出现了武器的时候稍稍躲一躲。秋秋像一只想逃命的猫，闭着眼咆哮着，又是抓又是咬。这件突如其来的事情把她吓疯了，她的脑子里能反应的只能是一些没有逻辑、没有条理的混乱行动。秋秋打破了岩影的头和脸，还咬伤了他唯一的手。岩影像一面盛开着红杜鹃的山坡，在这个早上特别耀眼。

这么让秋秋折腾了一阵，他终于喊道，秋秋，行了，我们走吧！说着就一反手把秋秋扛了起来。就这样，秋秋如同一只被猎获了的野羊一样，踢蹬着四蹄被岩影扛走了。

一直，我都是那么呆呆地看着眼前正在发生的一切。我的视线像网一样散漫，秋秋和岩影在我眼前就像两只被人操纵着的皮影，我就像是一个痴迷于这场皮影戏的人，心一直跟着眼睛，巴不得自己变成操纵者，让戏的结尾变成自己希望的那种圆满。可是，秋秋还是被岩影强行扛走了，结果离我的愿望太遥远，我感到一股滚烫的黑血从脚底喷灌至头顶，一种叫愤怒的东西就从我的头顶冲了出来。

34

一切都发生得那么快，也就是在被愤怒冲昏了头的我在院子里转了几圈儿才跑到厨房提了切菜刀赶到之前，秋秋已经被关进了岩影的睡房。

那个时候，管高山和管石头正从岩影睡房里出来，在里面传来闩门的声音的同时，他们正好看到我提着菜刀跨进了他们家外屋的门。

我提着切菜刀干什么，我自己当时也不明白，他们显然也不明白。我听到我妈和管高山还有管石头都吓出了一些惊愕的声音，管高山还扑上前来夺我的切菜刀。我把手里的切菜刀扬一下，管高山就吓得退了一步，最后是我妈从后面视死如归地抱住我的腰，管石头从后面抱着我的腿，才让管高山夺掉了我手里的切菜刀。

这个时候，岩影的屋门被关得很紧，我的脚在上面踢出几个惨白的脚印，踢出好些沉闷的声响，它却纹丝不动。我妈还死死箍着我的腰，管石头还死死抱着我的腿，我怎么挣也挣不掉。后来我就拖着我妈在屋子里转圈儿，我想在这个屋子里找到另一把切菜刀，但转一圈过后，我发现这间屋子里的切菜刀也在管高山手上拿着。我就冲着管高山号，快把菜刀给我！管高山把声音提到我的声音上面去，问，你拿菜刀去做啥？想杀人吗?！我也拼命把声音往高处拔，我说我不想杀人，我要你们放了秋秋！管高山把两把切菜刀握在一只手里，空出一只手来在空中挥动，以助他的声威。他说，你凭啥要我们放了秋秋，岩影是凑了钱的，秋秋是你们的媳妇，也是岩影的媳妇。我说，秋秋不愿意，你们这是强抢来的，是犯法的！管高山这回挥起了那只拿着两把切菜刀的手，他挥完手还没说话，我妈就突然嘎嘎号哭起来。我妈像个吊死鬼虫一样紧紧吊在我身上，尖厉的哭声沿我的脊背沟直戳戳刺向我的耳朵。

妈说，娃呀，这是命啊，你就不要乱搅和吧！

妈说，娃呀，我们家岩影也是个男人，他那耳朵和手都是为了娶媳妇，给煤荒石劈掉的。你们能娶媳妇，他咋就不能娶个媳妇呢?！

我不听我妈说话，我号叫着要他们快打开岩影的睡房门，我扬言他们要是不打开我就用刀把门劈烂。我忘了我手里已经没有了刀，也忘了自己势单力薄。管高山听得烦了，就对我妈和管石头说，放了他，看他怎么把这门劈烂！

管石头当真放了我，可我妈不放。我妈还搂着我哭，把鼻涕眼泪哭了我一身。我用力摆脱她，可她却像长在我身上一样地牢固。我只好把号叫变成哀求，我说，妈你放了我吧！我妈还是不放，还在哭，她哭得走火入魔了。我只好拖着我妈去踹岩影睡房的门，我一边踹一边冲里边喊，岩影，你这是强奸，是犯法的，你别乱来，要乱来我就把你告到班房里去！一边踹一边门就开了，我以为是我踹开的，其实不是，是岩影自己开的。岩影着了一身黑布的新衣，很平静地出现在我的面前，像一位闭关修道刚出关的道人一样，从内而外都透出一种看透世事，与世无争的宁静。我正奇怪这个时候他怎么会透出这么一种气质来，他就这么站在洞开了的门口看我们一眼，然后，慢慢走出门来。

我不踹门了，我妈也不哭了，全都被他一身道气震住了。

岩影从门里出来，从我们身边走开，把一个敞开了的门洞留给了我们。

我妈在岩影走开以后，就放开了我。

我赶着走进岩影的睡房，看到秋秋被绑了四肢，像个大字一样躺在床上。但是，秋秋穿了一身火红，新的，在这个昏暗的屋子里闪着亮亮的光。秋秋双目怒对屋顶，像一具暴死的尸体，却是一具美艳得让人震撼的尸体！

啧啧啧！这岩影，啥时候准备了这么一套嫁娘衣呢？

我妈在我身后赞叹。

我也被岩影弄出的这种阵势震得有些瞠目结舌，一时忘了自己到这里来的目的。我妈拉我的袖子要我跟她出去的时候，我才醒过来。我甩掉妈的手，要去替秋秋解绳。我妈生拉活扯地把我往外拖，竟几下就把我拖出了门。我开始没想明白自己为什么当时就抵不住我妈一个老女人的拖拉，后来才知道自己当时是被秋秋那一身炫目的嫁衣晃乱了心神，力气不集中。

岩影在我被妈拖出门后进了睡房，这回他没有关门。他让我们清清楚楚地看着他，看他坐在床沿上给秋秋唱山歌：

小妹好像花一朵，
开在哥哥心房处。
哥想妹哎，想得心尖尖痛噢！
那是花朵朵处生了刺。

妹朵朵生得娇，
哥哥的手生得糙。
有心想把妹妹搂在怀，
刺就扎进了哥哥的手。
妹朵朵啊花朵朵，

妹朵朵啊花朵朵……

岩影的嗓子跟其他有傩赐男人的嗓子一样高阔开朗，唱山歌的技巧也是傩赐男人中上乘的。他坐在床前，声情并茂地唱啊唱，直唱到那轮离开了我们好些日子的白太阳重新爬上山头。昨天还晴朗朗的天空，重新被厚厚的雾气笼住，岩影的歌声就在白太阳下，在如梦的雾境里，忧伤地回荡。

但是，他这么唱了几天山歌以后，秋秋还是去告了他。

应该说，秋秋是告了全傩赐庄。

第十二章

35

秋秋去告状那天,傩赐的天空也跟别的地方一样湛蓝湛蓝的。大雾一夜间就离开得干干净净,白太阳也变成红太阳了。

据秋秋后来向我描述,她在天亮前起来上茅房,一看到天空蓝了,就陡然生出了要去告状的念头,然后她就去了乡政府。

秋秋告诉我,她和她请来的两个干部来到傩赐时已经是我们吃中午饭的时间。进傩赐前,是她领着他们走。进了傩赐,就是他们领着她走了。那时候,他们已经走得全身湿透,他们还说肚子也饿得贴后背了,得先往村主任家去填填肚子、歇歇气再说。

秋秋说,她也觉得这事得先找村主任,就跟着干部们一起去了陈风水家。那时候,村主任陈风水家正摆好了一桌饭,但除了四个娃围着桌子狂吞以外,大人们都还没动筷子。因为岩影和管高山坐在那里,正在跟陈风水说她逃走的事儿。

他们正在说她，她就突然出现在他们面前，使他们全都有了几秒钟的愣怔，连那一群正自由抢食的孩子也傻了眼。她一脸的傲慢和敌视，身后还来了两个“上面的人”。几秒钟愣怔以后，谁都明白发生什么事了。陈风水认识这两个干部，他一张嘴就是一连串的笑声，跟着烟就递上去了。接着，四仔妈又替干部们泡茶水，茶叶和茶杯都是专门的，茶叶是在集上买来的，像一些细虫子，水一泡才舒展开来的那种，泡出来的热气都很香。茶杯是透明的玻璃杯，经常被四仔妈洗得发亮。四仔妈为她也泡了一杯茶，但她没接。不是不渴，她是赌气不喝。

她自己到水缸边喝了一肚子冷水，然后站在一边，不理屋子里的任何一个傩赐人。

秋秋说，喝过了茶水，一个干部问陈风水，这个叫秋秋的是你们庄上的村民吧？陈风水说，是啊，出什么事了？另一个干部就说，她告你们庄上有违犯《婚姻法》现象。陈风水却突然显得很惊讶，很快又把惊讶变成一堆稀烂的笑，喊四仔妈赶紧弄吃的。四仔妈早把饭桌上被孩子们弄得一塌糊涂的饭菜收走，火炉上已经升起了一股香气。干部们吸吸鼻子，说，是油茶呀？四仔妈忙说，油茶，走这趟路走累了，喝上一碗能解乏。

秋秋说，当时管高山要拉岩影走，她没让他们走。她说事情还没说嘞，我怎么能让他们走呢？可管高山却说，你的事不关我们的事，我们就不在这里耽误领导办事了。秋秋说，我告的就是他们，我还告了所有傩赐人，他们居然说不关他们的事！

秋秋说，当时干部们把岩影和管高山留下了。她说干部们虽然正喝着陈风水家的茶水，还将要喝油茶甚至还要吃饭，但这个时候他们都把脸放下来，挂一个严肃的表情上去。

他们摆开架势问秋秋，你叫什么？

秋秋说，我叫秋秋。

干部说，对，叫秋秋。

干部不看其他人了，看着陈风水，说，秋秋告你们庄上三个男人娶一个女人，是不是真的？

陈风水非常惊讶，有这事？没有啊，你问问他们，真没这样的事。

秋秋喊起来，面前这个就是！她指着岩影，对干部们说，他就是我的第三个男人，我今早上就是从他家跑出去的，就是他们用绳子把我绑在床上……秋秋说不下去了，她的脸开始抽搐，她使劲咬着嘴唇，但泪还是像河流一样淌出了眼眶。干部们一个问一个记。记的这个干部很负责，把秋秋说的话加上了感叹号，还注明她这个时候在哭泣。但是，管高山和岩影两人不约而同地露出一种哭笑不得的表情，并用这样一张脸对着干部们说，秋秋是在说笑呢。秋秋被他们这种装出来的好脾气惹得更加愤怒起来，声音变得如铁器在玻璃上走过一般尖厉。你们不是人！她喊道。问话的干部扬起手制止秋秋，说，你不要太激动，我们既然来了，就会把这事情查清楚。这时，四仔妈走过来，把秋秋硬往一条板凳上按。她说，妹子，就有再大的气也坐着说吧，走了这么多路，累的，犯不着跟自己的脚过不去。秋秋也真累了，而且秋秋这个时候像一张被仇恨烧煳了的纸，一碰就碎。秋秋坐下了，她抓住了四仔妈的手，她仰着楚楚可怜的脸看着四仔妈泣不成声。她说，嫂子呀，我们都是女人，你摸着良心说句真话，你说傩赐庄是不是两三个男人娶一个女人？四仔妈替秋秋擦眼泪，但她说，妹子，我锅里的油茶开了，你喝一碗就不累了。说着，她推掉秋秋的手，去看锅里了。

这时候，陈风水摆出了一副长辈的表情。他用这副表情对秋秋说，秋秋啊，不是伯说你，你真不懂事，你们家里出点儿不好说的事儿，掩掩算了，到处说就不好了。秋秋咬着牙说，我就料到你不会承认，你和雾冬他们都不会承认。你敢和我们到庄子里去走，敢跟我们去见其他人吗？陈风水说，咋不敢呢？我们吃完饭就去。

四仔妈已经煮熟了一锅喷香的油茶鸡蛋面条。吃下两碗油茶面，干部们抹抹嘴说，那我们走吧。

秋秋就带着他们一长队男人，往一个坡上走。那里有一片青翠的竹林，竹林里有一间房。日头很孤独，正是这份孤独使它更具力量。干部们被汗水画满了地图的衣服再一次开始出现洇湿的色块。他们说，到一个人家集中点的地方吧，那样人多好问。陈风水说，我们傩赐庄都是单户，不像山外那些庄子有寨子。干部们说，这太阳都在往下坡走了，我们还往上坡走，怕是天黑了还办不完事哩。陈风水说，其实这事情不大，充其量也就是个家庭里的事。不过你们当领导的办事负责,去走走也好,顺便还可以看看傩赐庄的其他情况嘛。走在陈风水前面的干部站下来,回转身问他,真是一件家庭纠纷?陈风水告诉这个干部,也就是个说不出去的事儿,我们庄上光棍多领导是知道的。他回头指着走在最后的岩影说,他是秋秋的大伯子哥,三十好几岁的老光棍了。说完,又回头跟干部讪讪地笑,很不好开口似的,低了眼皮,说,也就是光棍儿猫偷了回腥,小女人嘛,大惊小怪。

陈风水的这些话并没避讳秋秋。秋秋对干部们说,村主任在撒谎!

干部哦了一声,回头看看陈风水,说,你不能让你的村民对你产生意见啊!又往前走。

终于走进了竹林,竹荫给了大家一丝凉快,空气里还飘着一股竹的清香。干部们摇着一块白而肥厚的巴掌给自己的脸扇风,挂一脸焦灼和惬意的混杂表情进了这户人家。

这么一大帮人,有些吓着人了,被访的这家人有些慌乱,把鸡赶得遍地飞。

陈风水说,领导来问件事,你们把板凳端到屋外来,都出来听问。

于是,就出来了好几条板凳。人也全出来了,一对夫妇,三个孩子。陈风水说,怎么你哥家的两个娃儿又来你家了?夫妇笑笑,支吾几声,三个孩子就往竹林里走,接着就没了影儿,像隐身了一样。

干部们不想耽搁，直接提问。

你们傩赐庄是不是全是两三个男人共娶一个女人？

夫妇笑起来，说，哪会有这样的事？

问话的干部指着秋秋，说，她到乡政府去告，说全傩赐都这样。夫妇就笑得抬不起头来，说，哪会有这样的事啊？没有这样的事。干部们互相看了一眼，又去看秋秋。秋秋说，他们说谎，他们也是一样的。她指着女人说，她这半年在他家，下半年就到另一个男人家里过。干部们又把迟疑的眼睛投向陈风水。陈风水说，我不好说话，领导们还是自己调查吧。干部又问这对夫妇，是过半年吗？男人嘿嘿笑了几声，说，哪有这样的事？过一辈子哩。秋秋喊起来，我们走吧，他们是怕村主任不敢说真话。干部们觉得秋秋说的可能有道理，下面的路就不要陈风水跟着了，也不要岩影和管高山跟着了。

但是，所有的人都说，没有这种事。

他们走了好几户人家，把太阳都走丢了，把天都走黑了，还是没有人说这件事是真的，包括我妈。

36

秋秋说，那天她于绝望中想到了我。她说虽然那些天里她对包括我在内的全部傩赐人都充满了仇恨，但她还记得我前几天提了菜刀要去救她那件事情，她还记得我有时候跟别的傩赐人不一样。

她说她当时就告诉干部们，她的第二个男人，是上过学的，上到高二，他可能会说真话。

她说干部们到这个时候已经疲惫不堪，埋怨她怎么不早带他们去问我。秋秋说她当时心里充满了悲愤，她很想蹲下来大哭一场。她说她也不敢相信我会是傩赐唯一会说真话的人。

后来我用事实证明，我是很愿意说真话的。

但我并没能帮上秋秋。

看起来，似乎是上天不想帮秋秋。

那天，岩影跑来跟我说，秋秋告了我们，还带了上面的人来调查。他要我一口咬定没有这回事，他说，是陈风水村主任说的，说要不全傩赐的人都跑不脱。他还说，陈风水村主任说了，全傩赐庄人还包括我妈和我爸还有我。

利害摆给我了，可我还是没听岩影的。我带着越来越急促的喘息声跑去找秋秋，我渴望马上站到秋秋面前，对她带来的那俩人说，秋秋说的是真的。

而陈风水也料事如神，就在我寻秋秋他们的半路上，我被四仔妈拦住了。

四仔妈看起来与平时有些不同，刻意收拾过，像是去赶集。

四仔妈说，蓝桐你是去找秋秋吧？我没有工夫回答她的问题，准备绕过她继续跑。可四仔妈却拉住我说，我是来跟你说话的。我说，我没工夫听你说话，我要去帮秋秋做证。四仔妈把我紧紧扭住，说，是爸叫我来的，爸就知道你会犯傻，怕你把全庄子人都害了。我知道她不是危言耸听，但我的意志并不想屈服于她，我还是想去帮秋秋做证。但四仔妈这时候显露出的是一头大象的力量，她不让走我就走不动。她说，秋秋把傩赐庄人告了，上面来了人在调查，我爸怕你说傻话，说那样的话他要被打脑壳，其他人也得去坐班房，娃们就惨了。她说，你好好想想吧，一个傩赐庄的人全完了！她的这些话在我脑子里形成幻影，我看到全傩赐庄的人都被用绳子绑了起来，被一群联防警押着往山下走，后面还跟着好长好长的娃娃队伍，他们被一条很长很长的绳子连起来，像打在绳子上的一些疙瘩。我还看到了我，走在大人队伍中间，脸上一片迷茫……

我感觉自己像一根棍子一样杵在小路上。小路像一条蛇飞蹿出去，淹没在草丛中。我想，我踩着小路，小路即使变成蛇又能蹿向哪里？后来，我又去看太阳，太阳这时候依着一座山的斜线往下滑，像一个球从山尖上滚下，又像山长了一只独乳。太阳在我看着它的时候滑得很快，刺溜一声，就不见了。我望着眼前的一片黑暗，不知道我还去不去找秋秋。

当我的眼睛终于恢复明亮的时候，眼前是四仔妈充满期待的脸。她说，跟我走吧，别让那两个干部和秋秋他们给碰上了。

我问，我跟你去哪里？

她说，你说去哪就去哪，我陪着你，只要不碰上他们就行。可我说，这庄上没一个人会帮秋秋说话，我得去。四仔妈急了，说，你这只呆羊啊，你不能去看秋秋！那样会害了你自个儿，也会害了全庄子人啊！

四仔妈说着就把我拉到就近的一个山沟沟里，现在这里已经被阳光抛弃，地上已经开始升起幽幽凉气。我们坐到地上，一种透骨的凉意就穿透了全身，很让人惬意。我想，这个时候坐在这里倒是不错。又想，可是我还去不去看秋秋呢？

我开始回忆我是什么时候把那个急切切要去见秋秋的想法弄丢了的，丢在哪儿了，我想把它找回来。

四仔妈却在跟我说与今天这件事情无关的话题。她说，我爸都定了，要你到我们的学校里教书去哩。

我觉得我应该把我的想法丢在了"看到"全傩赐庄的人被绑着往山下赶的时候。就是说，那个想法还在那条小路上，那儿还有一缕阳光，有太阳离开傩赐前的一次温情抚摸。我的胸膛里突然热了起来，那儿突然有一股力量把我的身体往上举了起来。我说，我得去找秋秋。

我没有等四仔妈反应过来就飞身往小路上跑。回到小路，我又跟着小路跑。四仔妈在后面跑着追，嘴里一直在喊着我的名字。但是我心里只有一个要见到秋秋的想法，她着急的呼喊只在我耳边一掠就没有了。

但是，傩赐庄人像得到命令一样，对我也进行欺骗，我的打听换来的都是假消息。我按照别人的指点追下去，可能永远都追不上秋秋。你早知道的，傩赐庄的人差不多都是一家一户孤独地守着一面山坡，别人有意识的误导又加上我的盲目，那天我跑了不少的冤枉路。后来，我在徒劳的奔跑中突然清醒，然后凭着自己的直觉去找秋秋，竟一下子就找着了。

那个时候，傩赐的颜色已经开始变得深起来，两个干部已经不在秋秋身边。秋秋坐在路上，眼睛看着往陈风水家去的那个方向，看得很远，很深。

那个时候，我也跑累了，看到她还好好地坐在那里，我的心松了下来。我坐到她身边，很夸张地喘着气，还用衣袖抹额头上的汗水。秋秋一点也没受到我的影响，原来怎么看着仍然怎么看着，专注得如着了魔。我轻轻推了推她，她像一棵苗一样摇晃了几下，但眼睛仍然在天的深处扎着。我跑到她的前面，用我的身体截断她的视线，用我的眼神去抚摸她的眼睛。我轻轻地叫，秋秋，秋秋。她的眼珠动了一下，又动了一下，突然，她弹了起来，像被蛇咬了屁股一样。她看着我张大了嘴，张得很大，很大，可那里没有声音出来。那双像井一样深邃的眼睛，有清清的泪水漫溢出来，流成两条河流。我说，秋秋你说话吧。秋秋胸膛里深深地抽了一下，又抽了一下，噎在她喉咙里的那个东西终于冲了出来的。那是一个撕心裂肺的哭声，啊！

秋秋喊出这一声过后，第一反应是抓着我往陈风水家去。她说，干部们肯定还在陈风水家，你跟我去，你告诉他们，我说的都是真的。不知道是因为累了还是因为什么，我当时有过半秒钟的犹豫。就这半秒钟，绝望就迅速回到秋秋的眼睛里，和着她的泪水一起流淌。秋秋的身体有些摇晃,像是承受不住我给她带来的这份绝望。我被她全身泛滥的绝望淹得眼睛一黑,拉起她就跑。我一路拖着她跑一路喊,走,我去做证,我们去把傩赐人全告了!

但是。我不知道谁发明了“但是”这个词,就是这个词让人间生出了那么多遗憾和绝望。我们跑到陈风水家的时候,那两个干部已经走了。陈风水说,他们已经走了好一会儿。陈风水还说,干部们说了,还会来调查的。陈风水还说,其实,即使现在他们还没有走,仅听你们两个人的话他们也不能怎么样的。陈风水还说,秋秋啊,蓝桐其实是多好的人啊,我们马上就修学校,就让蓝桐当老师了,你还嫌个啥呢?你守着这么好一个男人,你为啥还要拿全庄人的身家性命去玩儿呢?陈风水还说,秋秋啊,我是一村之长,我代全庄人给你磕头,你别告了好吗?陈风水真的在秋秋面前跪下了,头还在地上磕得咚咚响。我看到秋秋的脸色一下子就变得发紫,嘴唇却白得像纸片。我还看到了秋秋脑子里那个黑色的念头,它在跟秋秋说,秋秋,你看来只有去死了。

秋秋就在这个时候突然哇哇地吐起来,而且吐得昏死过去。

我们都认为秋秋是因为一天来太劳累、太焦虑,又太绝望,才吐成了这样。可是,秋秋却把它看成是她怀了娃的征兆。

当秋秋被四仔妈掐着人中喊醒过来的时候,秋秋刚刚睁开的眼睛找到了我,随即,她苍白如纸的脸上浮起一缕酸酸的笑影。她虚弱地说，蓝桐，我怀上你的娃了。

我感觉心里突然涌起一股浪头，撞得我的心脏生生地痛。

37

黑色的死亡念头被肉红色的希望撵跑，秋秋脸色开始恢复红润。她甚至没有拒绝四仔妈端给她的白糖水。喝下糖水她又开始狂吐，差点把胃都吐掉了。吐完过后，秋秋就开始哭，咽咽咽，呜呜呜，很像在吟唱一首什么抒情曲。陈风水一家人全围着她，和我一样静静地听她吟唱。后来，我就看到屋子里一片泪光闪闪。再后来，我感觉到我的脸上也有了泪流爬动。

后来，秋秋的曲子里有了词，她说，我怀上娃了，我怀上娃了呀，怀上蓝桐的娃了呀。我拉着她的手，说，嗯，你怀上娃了。秋秋突然抬起头，紧紧抓住我的手，怕我离开她似的，说，我不想死了，我怀上你的娃了。

那晚，我把秋秋带回了家。

走的时候，陈风水说，你放心把秋秋带回去，不管秋秋是不是真的怀上了你的娃，你今晚都先把她带回到你那里去，岩影那边我跟他说去。

其实，他知道我们不会在意他的这几句话，但他心里很想这么说，也很想像他说的这么去做，所以他就说了。

当然，陈风水也真做了。当晚，他就去了岩影家，他把秋秋被我带回家的事说了，并说服岩影不去追究。第二天清早，他又带着我和秋秋去了土医生那里，让医生检查秋秋是不是真怀上娃了。土医生问了秋秋几句，又装模作样地摸摸秋秋的脉象，就说秋秋是真怀上娃了。谁都看出这是土医生一种不负责的说法，因为仅凭问几句吐不吐，吐出来的是酸的还是什么味儿的，仅凭他那只从来没学过把脉的平凡得不能再平凡的手把把脉就说秋秋怀了娃，怎么也无法让人相信他说的话。但秋秋看不出来，秋秋是那么相信土医生。土医生的这个说法竟然让她热泪盈眶。我和陈风水都不想扫她的兴，而且，我们都明白，土医生是善意的。秋秋昨天的闹土医生也是知道的，那么秋秋怀上了娃，这件事情基本上就可以说是自然平息了。所以，秋秋怀上娃不光是秋秋的希望，也是所有傩赐人的希望。他知道，就他这句话，暂不管这个结论是真是假，毕竟可以让一件全傩赐人都在面临的大事情朝着另一个平缓的方向发展了。

秋秋竟然噙着满眼的热泪朝陈风水笑了笑。陈风水也乐呵呵点头，把眼睛点得湿巴巴的。随后她跟土医生说过感激的话，就对我说，我们回吧。我就拉了她往回走了。

陈风水在我们身后说，回吧，岩影那儿我去说。

从这一刻起，秋秋开始寻思下一个拯救自己的办法了。按照傩赐的规矩，秋秋从现在起就可以跟着我一年半，把孩子生下来，养到半岁。秋秋知道这个规矩，所以她说，蓝桐，我们挣钱，从现在开始挣钱。我们挣钱还了岩影和雾冬，我们一辈子一起过。

她的最后一句话让我一贯散淡的思想突然打了个结。我同意她挣钱来还份子钱的想法，也不反对跟她过一辈子，但我不知道自己是不是会在傩赐过一辈子。因为我的脑子里每时每刻都在飞舞着一些要离开傩赐的想法，它们像一些彩色的蝴蝶每每飞出来吸引着我，我却无法抓握住它们。

我想对她说，我是个靠不住的男人。我想说服她挣钱来还了岩影，去跟雾冬过。但是，我没有说。

秋秋去集上买来一群鸡娃和几只鹅娃，当这一群鸡娃子和几只鹅娃子在院子里闹出些叽叽哇哇的动静的时候，秋秋心中的幸福生活就有些模样了。秋秋每天早上起来，先料理这些爱吵爱闹的家伙，然后煮猪食。

忙完了这些，秋秋就开始为我们做饭。我们，指的是爸，我，还有雾冬。雾冬外出做道场的时候，秋秋只做一锅饭；雾冬不外出的时候，秋秋就做两锅饭。秋秋在老天给她的这点小小的幸福面前，显出一种超凡的伟大的从容和宽容。而雾冬，并不知道秋秋心里有一个要挣钱来赎日子的决心。他把秋秋的作为看成是一个女人对她的男人的关怀，他满心幸福而又无比自然地接受着她的每一锅热菜热饭。

秋秋特别贪恋酸梅，我们一下地就留意哪儿有这东西。那时常出现在她面前的一把酸梅，有时是我爸带回来的，有时候是雾冬带回来的。他们不好意思直接给秋秋，就把它放在一个秋秋最容易看到的地方。秋秋看到酸梅,比看到亲娘还要高兴。

我一直在寻思,如果秋秋到时候并没有怀上娃怎么办?我甚至在悄悄地努力,希望在这段时间里帮着秋秋实现这个小小的愿望。看到秋秋对酸梅疯狂地亲热,我的心终于定下来了。

这个时候,傩赐的地里全是嫩嫩的苞谷苗,山沟沟那些瘦瘠的水田里也插上了秧苗。傩赐在太阳的抚摸下也变得丰满美丽起来了。

秋秋做农事是一把好手,她一边锄地,一边就把死在锄头前的草捡了放进背篓当猪草。太阳并不烈,可空气却热得让人透不过气来,半尺高的苞谷苗也给闷得惨白兮兮的。当秋秋的汗水滴进地里,它们就贪婪地吸吮,于是我们总能听到它们弄出的窸窸窣窣的声音。但是,秋秋锄地时的神情,像是在朝圣。我都能听到秋秋身上汗水流淌的声音了。我说,秋秋歇会儿吧!可秋秋说,歇啥呀,又不累,你歇着吧。我本来就没认真干,最初到地里时,秋秋、爸还有我是并排着的。一人两行,自然而然。干到后来他们都跑到我前面去了,我还在后面有一下没一下。后来秋秋和爸倒着锄回来又锄过去,跟我的距离越拉越远,我就干脆坐地上了。我受不了这闷热的天气,也受不了这活的累。

秋秋用她全部的虔诚来对待上天恩赐给她的这段日子,冷暖就成了身外事。她希望快些把这季农活干完,腾出时间来挣钱。她已经跟我说过了,锄完了地,她就去挣钱。至于用什么方法去挣,她说还没有想好。

一开始，她是希望过我能挣钱的，但后来她把这份希望放弃了，她看得出我这样的人在傩赐这个地方是没能力挣钱的。所以后来她把“我们去挣钱”的说法变成了“我去挣钱”。为此，我心里很惭愧，有时候就会生出一股激情，说一些挣钱的打算给秋秋听。比如我说，我们可以走出傩赐，到别的地方去挣钱。秋秋可以相信我会走出傩赐，但秋秋不相信我走出了傩赐就能挣钱，因为秋秋时时看到我目光缥缈，身体像一片鸡毛一样没有重量。

有一回，她问我，庄外不远是不是有个小煤窑？傩赐人要挣钱是不是可以去那里？

我说是的，但那里很危险，傩赐庄好些人的命都丢在那里，岩影的耳朵和手就是丢在那里的。

秋秋说，那里一天能挣多少钱？

我说，这个我也不清楚，得问雾冬和爸，他们去过。

但秋秋没有去问雾冬和爸，后来也没再问过我。

地锄完了，秋秋显出了一种要做大事以前的兴奋和冷静。清早起来，她对我说，我去大哥家了。我当时懒懒的，还没完全醒过来，只问了她一句去大哥家做什么，却并没有认真听她的回答。因为她的回答似乎很含混，而那个时候我已经再一次睡过去了。

那天秋秋并没有去她大哥家，她去小煤窑挖煤了。这是秋秋出了事以后我们才知道的。秋秋怕我们知道了阻拦，事先就做好了准备。她出门时多带了一套衣服，挖完一天的煤，洗过了换了衣服才回来。后来连续几天她都是清早出门晚上回家，我问她天天往她大哥家去干什么了，她只笑着说，去帮大哥大嫂忙忙活儿。我说，你去帮忙忙活，我也可以去呀。她说，你去干吗？家里的都不愿做，还愿意去帮别人啊？你要是想做，你就帮爸做做饭，不然爸干一天活累了又没饭吃，会不高兴的。

爸倒没有不高兴，他只是很想弄明白秋秋这样早出晚归是在做什么。他问我，我说秋秋是回娘家帮她大哥大嫂哩。爸就恨铁不成钢地剜我一眼，自己去问秋秋。当晚他在秋秋回来的时候堵在秋秋的面前问，秋秋，你跟爸说，你这些天做什么去了？秋秋说，我回娘家帮大哥大嫂去了，他们地里忙不过来。这阵子山下正忙着上玉米的催苞肥，秋秋的话让我爸抓不出把柄，我爸就只好暂时撤退了。

第二天吃中午饭的时候，我爸问我，秋秋和娘家大哥是生着气的，她连告我们的时候都没去叫她大哥是不是？

我想想觉得爸说得对，但我总是少根筋，不明白我爸问这话的意思。

爸用筷子敲敲桌子，说，她是不是想去挣钱来还岩影？

我忙说，是。

爸说，那她用啥法去挣钱了？

我说，我们想过好多法子，但我们还没有决定什么时候去挣钱呢。

爸说，你他妈的呆羊，秋秋肯定是偷偷挖煤去了！

爸说，我怕她去挖煤，那样的话怕出事。

我们都没想到，我爸一语成谶，秋秋真出事了。

秋秋流产了，是在煤窑里发生的。究竟是怎么发生的，秋秋当时没告诉任何人，后来也没告诉任何人。事实是，她流产了。这个娃给她带来希望，又在她充满希望的时候突然掐断了她的希望。

第十三章

38

我想秋秋如果有力气，她一定会掐死自己，因为她太痛恨自己。但是，她没有那份力量了。当她明白自己流了产的时候，她就已经失去了全部力气。我和雾冬跑到煤窑那地方看到她的时候，她像一具尸体一样躺在一个阴凉的地方。煤窑上的两个管理人员坐在旁边守着她，时不时用手去试试她的鼻息，怕的是她死去了。我们赶到的时候，一个管理人员的手正从秋秋的鼻子跟前拿回来，他很气愤又很厌恶地对我们说，快点，趁还没死，抬回去！另一个站起来拍着屁股问，你们是她什么人？雾冬说，我是她男人。那个人突然就把雾冬抓住要打。雾冬把他推开，他就啪地朝雾冬吐了一口口水，说，你他妈的叫你怀了孕的还是个瘸子的老婆来挖煤，是存心想来害人啊？雾冬红着脸跟他争论，一副一定要夺回真理的架势。我觉得这些人都很恶心，秋秋都这个样子了，还有这份闲心。我在另一个人的帮助下背上秋秋，赶着往山下走。

秋秋在我背上说，别管我，蓝桐。

秋秋一直不作声，我们喊她她也没应过一声。这会儿这声音就有了一种被深葬了很久的阴冷，我竟吓了一跳。秋秋说，你别管我，蓝桐，让我死了吧。我扭过头，想看到她的脸，可她的头歪在我肩头上，我只看到一块惨白的额角和一簇又脏又乱的头发。这两样东西让我心里发怵，我的腿开始打战。我说，秋秋你坚持一会儿，我们去集上的医院。秋秋还是说，放下我，让我死了算了，我不想活了。秋秋双手软软地吊在我的两肩，她的身体也跟这双手一样不愿意跟我配合，我稍不注意，她就会重新摔回到地上去。我想，一个心已经完全死去的人就是这个样子吧。

我们把她背到集上的医院里，秋秋就坚决不说话了。秋秋没有了去跳崖的力气，没有了掐死自己的力气，她只有闭上自己的嘴，不吃不喝不说话，还悄悄拔针头。她拒绝输液，针头刚扎上，转眼她就悄悄拔掉。医生火了，骂她，说想死就不要到这里来！骂得秋秋死闭着的眼睛也往外渗泪。再输液，我和雾冬就一直守护着她的手臂。岩影也来医院了，畏畏缩缩的，不敢往病床前站。我们都没心思理他，他就远远地站在一边，巴巴地往这边望。每一次来，他唯一的那只手里都没有空着，或是几颗紫红的李子，或是一个金黄的熟杏。可是，他又从来没敢递到秋秋面前过。

在医院住了两天，医生说，你们可以回去了，只要让她往肚子里咽东西，地就会很快恢复起来。

我们就把秋秋背回了傩赐。

岩影杀了他的黑狗，给秋秋补身子。

岩影端着狗肉来到秋秋的床前，香味熏得人头脑发晕，可秋秋还是把眼睛死死闭上。

秋秋一直就没睁过眼睛，她大概想的是死不了也不想看到这个世界了。

但是岩影说，秋秋，我给你端狗肉来了，我把黑狗杀了。

秋秋紧闭着的眼睛开始颤动，眼角亮亮的湿湿的。一会儿，两个泪珠就长成了，慢慢地往下滑。

岩影说，秋秋你睁开眼睛啊，把这汤喝下，把这肉吃下，你好起来就快了。

秋秋把脸别开，让一个泪豆儿从她的鼻梁上翻过去，再跌落到枕头上。

秋秋回来以后仍然拒绝进食。不管是我妈来劝还是雾冬来劝还是其他任何人劝，她都不睁眼不进食。那天，我突然特别厌恶这些围在秋秋床边劝她进食的人，我以我身体里罕见的火气朝着他们大声吼道，你们都走开！离她远点！我已经很久没这么发过火，我是个不太容易发火的人，可我的确是发火了，我的样子不光吓着了他们，也让自己十分惊讶。惊讶中，我向他们说对不起。我自己扑灭了火气，他们就一个一个默默地从秋秋的床边离开了。

秋秋或许也被我吓着了。当我的眼睛从一个个离开的背影转向她的时候，我看到她睁着眼睛看着我。那双眼睛被越涌越多的泪珠子撑得好大好大。她的嘴动了几下，一些沙哑的声音短促地跳动一下就没了。但我听清了，她是在喊我，蓝桐。当秋秋的泪水终于忍不住决堤奔流的时候，她的声音跳得高了些。她说，怎么办？我心里被她叫得暖暖的也酸酸的，我说，有办法的，一定有办法！我紧紧抓着她的手，我希望她能从我的手上感觉到我的心思，知道我不希望她死去，我愿意帮助她。

她说，我死也不会回到岩影那里去。

我说，不去。

她说，我也不想回雾冬那里去。

我说，不去。

秋秋的眼泪、秋秋的话都深深地刺痛了我，我咬着牙也没能阻挡住我的眼泪。当时，我的每一根骨头里都充满责任感，连我平时的那些缥缈的想法都突然间消失得无影无踪。我说，秋秋，我只要你跟我一起过，我不让你去跟别人！

但是，陈风水说，这不行。

陈风水认为他是一村之长，有责任来关心一下秋秋，就来了，还带来了两斤红糖。看过一眼秋秋以后，陈风水就把我拉到院子里说话。陈风水认为这件事情是因为我的不懂事引起的，他脸上的痛心绝不比我爸脸上的少。他说，你怎么能怂恿她去挣钱来还份子钱呢？你应该劝她像傩赐的其他女人一样好好地过日子。他说，都看得出秋秋喜欢听你的话，你就该对她说些对大家都有好处的话。

我说，我不喜欢听你说这些话。

陈风水愣了一下，他很快在脸上抹了一把。本来是抹汗水，但当他额上的汗水给他抹掉以后，他脸上的尴尬也没有了。他用一秒钟时间重新准备了一副十分痛心的表情，说，就是要挣钱来还份子钱也不该让她去是不是？秋秋出事以后，这个结就在我心里种下了。每一刻，它都像一只毒瘤一样在给予我痛苦。他这么一提，我就痛得眼前发黑。我看着眼前的那片黑暗，沉沉地说，是。

陈风水好一会儿没说话，我转过眼去看他，看到他就那么一脸痛心地看着我，极像一个父亲看着令他痛心的儿子。我突然把脸别开。

陈风水说，以后，会慢慢好起来的。

又说，这庄上像秋秋这样闹的事情不少，这个你也晓得。

我说，秋秋不是别人，秋秋宁死也不想回岩影那里去。如果你们要强迫她，肯定会闹出人命的。

陈风水看着远处思索了一会儿，说，我去跟岩影说说，看看是不是可以还了他的份子钱，让他退出。

我说，你是村主任，他肯定听你的。我说，雾冬也听你的，你还得跟雾冬说说，秋秋只想跟我。

陈风水说，雾冬不行，秋秋她就是只嫁一个男人也该是到雾冬那里去。

我说，她不愿意。

陈风水说，她是跟雾冬登记办的结婚证，一开始她不是高高兴兴嫁给了雾冬？

我说，她现在不愿意了。

陈风水突然呵呵笑起来，还拿手指头一下一下点着我。我知道他这是在说我肚子里有坏水。我心里很讨厌他的自以为是，但我不想跟他计较。

可是陈风水还是说，不行，秋秋是跟雾冬登记办了结婚证的，她要是真不愿回雾冬那里去，那就还要出些麻烦事。最后，他拍着我的肩头，语重心长地说，娃呀，你是读书人，你得把这事情处理好，别让这事情闹起来就没个完。他说，你肯定有办法，要么，她继续跟你和雾冬，要么她跟雾冬一个。她讨厌岩影我知道，但雾冬跟她是有感情基础的，最关键的是他们俩有一个结婚证。如果你们家里也同意让秋秋只嫁一个男人，那她也只能嫁雾冬。他说，我不愿意看到这件事情闹起来就没个完。

39

陈风水一走，我就跟秋秋说，陈风水同意跟岩影做工作，我们赶紧去借钱来还他。秋秋听我这么一说，来了精神，要吃东西。我给她盛了一碗狗肉汤，她不要，喝了一碗我妈做的鸡蛋汤，就要跟我上路。我说，你身子虚着，我一个人去就行了。我说，我先去找你大哥借钱，他没有钱他还可以帮我们借。

秋秋想了想，说，你一个人去大哥不会相信的。

我想想，觉得她说得在理，把她带上了。

我知道秋秋身子虚，要背她，她不干。她强装着笑脸跟我说她行。但走不多远，秋秋就走得虚汗淋漓，脸色煞白。我背上她，她却呼呼吹着我的耳朵说，你背不动的，我重。我说，没事儿，我们是去借钱哩，只要一想到能借到钱，我身上就长了两个蓝桐的劲儿。秋秋在我背上呢喃了一句什么，但呢喃声刚起就给风吹走了。风并不大，是她的声音太弱了。

我们在快要到秋秋娘家的一弯水田边上碰上了她的大哥。他正蹲在田坎上痴痴地看着他的秧苗。秧苗青青的，茂密得像一块毯子一样遮住了田，他看着它们，眉眼间溢满了欣慰。这一脸欣慰在我们说明来意前曾一丝不落地保留着，过后才慢慢地被另一种表情代替。大哥拼命挤着眉头，眼睛里却似乎充满了笑意，那是一种比较复杂难懂的表情。

大哥说，你们看这事儿哈，你们前面为这事儿来这里闹过一回后，你们的嫂子后来跟我一闹别扭就把这事情说给别人了。这一阵儿，庄上人都在指我的背脊骨呢。我看今天你们就不要去家里了，这事儿你们跟我说了就行了。你们要借钱，我手里有没有钱秋秋是知道的。但这事儿我当大哥的不能不帮忙，我手里没有，我去借。你们给我几天时间，我尽最大的努力去借，我挨家挨户去借好不好？

我们很高兴地半路折回了。

在我们焦急的等待中，秋秋的大哥终于来了。

秋秋大哥抱来一只母鸡，还有两包白糖。

还有一千块钱。

秋秋大哥说，我挨家挨户借遍了整个庄子，还卖了圈里最大的一头猪，才凑齐了这些钱。秋秋大哥说，秋秋你是知道的，圈里那两头猪是嫁了你以后才买的，长到现在架子才长到一半儿哩，我把最大的那头卖了，你嫂子还跟我干了一仗呢。

秋秋很丧气。我说我们自己到庄上借，挨家挨户借。

秋秋摇头，我明白她的意思。她才告过庄上的人，谁会借钱给她？

我一个人去借。

我走向傩赐庄的每一户人家，人们都像经过统一训练一样，用同一句话，用同一种笑冲着我。蓝桐你是不知道，这会儿刚买了种子肥料，又交了款子，手里早就没钱了。他们的表情是诚恳的，你没法不相信他们口袋里是真的没钱。四仔妈多问了我一句，你是借钱来还岩影？我说，还有雾冬的也还。四仔妈摇摇头，很世故地说，你借去做别的事还有可能借到一些，借去做这事儿不会有人借给你的。又说，再说了，我们傩赐的地多，家家都得把家里掏空才够买种子，好些人把家掏空了也买不够种子，这当口，谁手里都空着嘞。

四仔妈一句话把我的力气全说没了，我也就只好蔫蔫地回来了。

一个女人的意愿在我们傩赐显得那么微不足道。

秋秋最后还是被迫回到了雾冬身边。

陈风水把岩影叫到我家，把我妈也叫回来，召集我爸、雾冬，还有我和秋秋，在我家院子里解决这事儿。他的第一句话还是那句"我不愿看到这件事情闹起来就没个完"。接着他说，秋秋不愿意嫁岩影，跑去告我们傩赐庄的状，要不是大家遮掩得严实，今天我们就不能坐在傩赐庄了，我们的家已经搬到政府的班房里去了，过不了几天，我的脑袋也就不在我的脖子上了。他说，大家都不愿去坐班房，我也不愿活到一大把年纪还把脑袋活丢了。我想我们好好地把这件事情处理了，大家还是集中精力去侍弄庄稼，秋季可又有我们要交的款子，还有公粮。这傩赐的日子，自己不好好过，那就不会有好日子过，我们不要自己跟自己过不去嘛。

陈风水说完这些，就开始卷烟，慢条斯理的。

岩影乜视着他卷烟的手，突然说，我不同意。

不同意什么呢?

陈风水也乜一个眼角看着他，这样问他。

岩影把脸一别，说，反正我不同意。

陈风水慢慢地点上烟，看一眼我爸，又看一眼我妈，咳嗽一下嗓子，说，秋秋说说吧，你为什么要告我们傩赐庄?

秋秋把头埋着，冲着自己的鞋尖说，我只嫁一个男人。

陈风水说，你从雾冬那里到蓝桐这里，也不是一个男人，但你没有告。秋秋忽然抬起头，想说什么，可陈风水扬手制止了她。陈风水说，那你打算怎么办？秋秋说，我和蓝桐还了他们的钱。陈风水说，还岩影的钱是吗？岩影没等秋秋回答是还是不是，呼的一声站起来，挥着他的独臂喊道，不行！我不同意！他说，我丢了耳朵，丢了手，命都差点送了，全是为了娶个女人！他说，我不要钱，我要女人！

陈风水没有去问秋秋愿不愿意赔岩影一个女人，他好像很讨厌别人在他面前这么跳跳着喊话。他拧着眉头，把一泡口水吐得很远，然后他说，我看这事得这样定，秋秋从现在起和岩影解除婚约，但雾冬和蓝桐得替岩影娶回一个女人来。说完这个他就开始敲烟斗了，这是他准备结束这事情的信号。岩影脸上有很多悲伤，嘴唇还在颤抖，但陈风水视而不见。他说，就这么定，不管你秋秋要跟哪一个男人，你都要在一年半以内替岩影找回来一个女人。岩影又喊道，我不同意。但没谁认真去听他说的话，全都把眼睛放在陈风水的脸上，希望他的嘴继续往下说。陈风水的眼睛从我们的脸上一一走过，阅读完我们的表情以后，又说，一年半时间，在我们傩赐是一个女人怀上了娃养熟了娃生下来养到半岁的时间，岩影你就当秋秋这个时间怀上了雾冬或者蓝桐的娃，咬咬牙把这一年半忍过去就得了。秋秋要替岩影找的这个女人，可以不花钱，也可以花更大的钱，可以没你秋秋好看，但一定得是能生娃的女人。而且，时间只可以短，不可以比一年半更长。他回过头看一眼被悲伤扭曲得痛苦不堪的岩影，说，从今天开始算时间，要是第五百四十七天那天没给岩影找来一个女人，秋秋你就自己去顶替那个女人。到时候，你就是打官司我陈风水也不怕你了。

都看出陈风水想结束这件事情了。

秋秋突然说，还有雾冬。陈风水站起来，一边往怀里揣烟斗一边说，雾冬是跟你登记办了结婚证的，也是第一个跟你过的，前面你也没说过嫌弃雾冬。

秋秋说，我只想跟一个人过。陈风水说，跟一个人过你也只能跟雾冬过。

秋秋来看我，想从我这里得到支持，可我的眼神却早已经变得虚无缥缈。早在陈风水开始说第一句话的时候，我头脑里就飞舞起一群白色蝴蝶，它们乱纷纷地飞舞着，却又齐心协力地把我的视线拉向一个十分苍白、十分迷茫的远方。秋秋推了推我，我暂时把视线收回来落到她脸上，可这个时候那些浑蛋想法还主宰着我。我说，你跟雾冬吧，我不要你们还钱，也不要你们替我找一个女人。

我爸倏忽间跳起来，说，蓝桐，你他妈放屁！你娶媳妇的钱是老子挣的，你想怎样？我把脸扭向我爸，但那群白色蝴蝶在我爸的脸面前狂舞，让我只看得清它们而看不见我爸的脸。我说，我会走的，秋秋应该跟雾冬。

一只粗重的巴掌很响很重地吻了一下我的脸，我眼前的蝴蝶们就更加狂乱起来。这些都不重要，关键是，秋秋的眼睛，再不投向我了。

秋秋或许再一次想到了美丽的死亡，但又因为对我的仇恨而放弃了死亡？她不看我，我就无法知道她心里想的是什么，反正，她要回到雾冬那里了。

秋秋在一堆人还没有散去的时候，就开始到我的房间里收拾她的东西。衣服、梳子、镜子什么的。我追进去，把她一把搂住。她不看我，推我。我说，秋秋，那些都是假话，是暂时的。秋秋木然地站了一会儿，抬起脸来看我。我就看着她的眼睛，真诚地说，真的，那些话都是那些蝴蝶弄的，是假的。秋秋的眼睛扑闪了两下，看来她没听懂我说的蝴蝶代表了什么，但是她这会儿没有心思去追究那些在眼前看来并不重要的东西。她放下手中的东西，说，你是说，我们还一起过？我说，不是，你现在先得到雾冬那边去过。她说，为什么？我说，我们得有时间想办法。她说，我在这边不是也有时间吗？我说，不一样，因为你跟他登过记，你和他才是法定夫妻，在我们还没有找到钱替他们娶回女人之前，你只有跟着他才是合法的。秋秋着急地说，如果你是真心要娶我，我就跟雾冬离婚。

我说，但是离婚不是说离就能离的，雾冬不会同意，我爸妈也不会同意，我们得想办法。

秋秋显出了哭相，说，那你有什么办法？

我说，你先跟着雾冬，我们在一个恰当的时间提出跟雾冬离婚。你跟雾冬离婚，上面也不会像陈风水这样，判你替他找回一个女人来，而且，我们还可以在一起过。

秋秋说，我今天就跟他离婚。

我说，你现在都没跟着他过，这话不好说。

其实，我的这些话我自己听起来也那么不可信，但秋秋却相信了。

秋秋说，我先跟他过着，等跟他离了才过来吗？

我说，对。

她说，那样你也不嫌弃我吗？

我说，不嫌弃。

秋秋说，那我听你的。

秋秋就重新收拾她的衣服她的梳子什么的。我感觉到我的脸渐渐地膨胀起来，头顶开始鼓起来，有什么东西想从我的头顶或者眼洞冲出去。我赶紧闭上眼睛，看着我鲜红的心脏扭结、变形，直到它慢慢地停止扭结，恢复到原来的样子。如果秋秋能回头看到我那时的眼神，她就很容易发现，我心里对雾冬的那份爱和同情跟对她的那一份分量相差不大。那样的话，她就能找到我为什么总是犹豫不定的结了。

秋秋抱着她的东西从我的身边走过，她低着头，轻轻地说，你早点找到个恰当的时间吧。

她就这么低着头从我身边走过，走向了雾冬那边。

40

我突然之间变得无法闭着眼平静地观赏脑子里那些纷乱的蝴蝶了，它们被我心里另外一些扭打在一起的思想闹得狂乱无序。秋秋那么让我痛心，让我可怜，但我能明显地感觉到，我的这份爱并不敢跟岩影和雾冬他们心里的那份爱相比。岩影和雾冬都是我的兄弟，我不希望他们承受失去心爱女人的痛苦。如果挣钱来替岩影找回一个女人可以补救我们给岩影带来的遗憾，那也不错，但我很清楚秋秋在岩影心里的位置其他女人是无法代替。那么雾冬呢？我是不是要用同样的方法去补救？同样的方法又能不能够补救？如果不这样，那么又怎么去拯救秋秋？我想痛了脑袋也没能把这些问题想清楚，就咬着牙不让自己去想了。我让自己去挣钱，我跟自己说，不管怎么说，首先得尽快让岩影有一个女人。

那一天，阳光很灿烂，明晃晃的情景中伴有从远处传来的蝉鸣，偶尔飘过的一片风里还带着桐果青涩的味道。

这个时候我正在黑咕隆咚的煤窑里拖着煤块爬行。我为了挣钱，已经在煤窑挖了几天煤了。挖煤很累，很危险，还挣不来多少钱。但我一时找不到更好的挣钱路子，只有挖煤。每天清晨，我摸着湿漉漉的雾气走到煤窑，在天刚刚亮开的时候一头扎进另一种不属于夜晚的黑暗。这是一种灯光也不能驱走的黑暗。灯光只能让这里的黑暗显得更黑，黑得炫目。每天，我借着头顶上的矿灯投下的一团光，对眼前那些闪着鬼魅光芒的黑色石块进行伤害。我们除了眼前这一团儿地方，其他什么地方都看不见。我们在这种黑暗中，以一种单调的沉闷的方式沉睡在一种侵犯的情景里，所以我们总是在危险都摸到我们的鼻子了还不能清醒。那一天，我正拖着挖好的一船煤块往洞外爬行，突然就感觉到呼吸困难起来。或许我还会有眼睛发黑的感觉，但因为窑里运煤的通道都是轨道，不到岔道的时候用不着眼睛，还因为汗水总是会掉进眼眶里，我就一直把眼睛闭着，像拉磨的驴一样瞎着眼前进。呼吸突然困难被我看成是累了，我歇下来，想歇一口气，缓和了呼吸再走。我松了肩上的襻带，就地坐下，眼睛还是懒懒地闭着。但我越坐胸口越紧，像有一只冰冷的大手紧紧揪住了我的心脏，又像谁卡住了我的喉咙。我在大脑还没出现死亡黑色的那一秒钟内突然明白可能出问题了，连忙翻起身往外逃。但这个时候我已经感觉到力不从心，腿脚也不听使唤，后来我在眼睛刚看到一丝光亮的时候再一次轰然跌进黑暗。

我知道，那一天，阳光也慷慨地洒满了我们家院子，近处的鸡吟和远处的蝉鸣辉映，我们家的院子也有着一种静谧和祥和。我们家院子里坐着我爸，他在修理锄头。

我还知道，我死里逃生的消息像一块巨石一样咣当一声掉进了这个静谧和祥和的院子里，会把我爸吓成石雕。

我爸他们跑到煤窑时还保持着一种被追赶的野鸡的模样，

停下脚步以后，他们就像拨浪鼓一样转着头寻找我。蓝桐！我们蓝桐呢？蓝桐你在哪？你说话啊蓝桐！我其实就睡在一边，但因为我一动不动，他们以为那是个死人。在他们心目中我是没死的，没死的肯定不会是那么个躺法。有人说，那个吧？那个是没死的，是逃出来的。他们就张开双臂向我扑来，七手八脚的，噗噗刨去我脸上的黑泥，惊喜地叫起来，真是蓝桐！

蓝桐。

蓝桐。

娃啊，你没事吧？

我爸上了桐油一样的脸挤起来，挤得像丘陵一样疙疙瘩瘩，两行泪，像山泉一样汩汩下来，那被挤得发痛的喉咙里发出了涩涩的哭声。我的呆羊哎，你咋这么呆呀！

在我的上空，秋秋美丽的脸占了很大一块地方。我从这张脸上看到了一个脆弱的心灵正经历着的一场撕心裂肺的痛苦。秋秋怕声音大了吓着了我似的，一声一声轻轻呼唤我的名字。蓝桐，蓝桐。她的泪水却不太善解人意，吧嗒吧嗒激烈地往我脸上砸，在我涂了一层煤屑的脸上砸出一些大大小小的坑。后来，秋秋的脸突然跌落下来，落在我的右肩上，秋秋终于没有能压抑住的尖厉的哭声就在我耳朵跟前响起了。

这样，我才有力气狠狠地呼吸了一口空气，然后才真正地活了回来。

我们的身边围着很多人，全是近处听到出事后赶来看热闹的。他们看我真的活过来了，脸上也松活开了。刚才被关在喉咙里的一些话这时候才出了口。

全都闷死在里边了，就他躺在离洞口不远的地方。

把他拖出来时他也差不多没气了，都以为他可能也没得活了。

好了，这回好了，只要有气就好了。

把他背回去吧，背回去好生缓缓。

……

雾冬跟我爸说，我们背回去吧。

爸把一张挤得坑坑洼洼的脸上方的头不住地点。

雾冬跟秋秋说，我们背他回去吧。

秋秋把脸抬起来，把泪珠子点得满天飞。

秋秋和爸把我软得跟面块一样的身体扶起来，放到雾冬的背上。

一路上都很宁静，像死亡一样宁静。

回到家，我被洗干净放到床上，屋子里才开始显得热闹起来。

雾冬铺开了他的道士场合，随着一阵锣声响起，香火味儿也进了我的鼻子。还有桐叶汤的味道，也涩涩地弥漫在屋子里。我爸和我妈，被雾冬安排在道坛边正襟危坐。雾冬举着他那把又长又黑的剑，舞着他那件又黑又重的道袍，凶神恶煞似的在我爸妈头顶上空劲舞，嘴里叽里呱啦念上一阵，突然喊一声，呼哈！

然后，雾冬端着一碗热气腾腾的桐叶汤来到我的床前，一口一口，雾冬把桐叶汤上空飘着的热气吹到我的身体上空。吹一会儿，雾冬就闭着眼，叽里呱啦地念上一阵。接下来，再吹气，再念经。这样反复几次以后，桐叶汤冷了，雾冬就用嘴含上汤噗噗噗朝我的身上喷。喷得我一身都涩涩的黏黏的时候，碗里的汤也完了。雾冬突然飞起这只盛过桐叶汤的碗，挥剑向它，让它在半空中碎成几片。当碗在半空中发出一声喊叫之后落到地上，雾冬的剑还在空中支棱着。这把剑在碗片落地时强劲地舞动起来。那情形像是有好多妖魔在这把剑旁边兴风作浪，雾冬正用这把剑努力杀妖。这一场搏斗持续了好几分钟，雾冬的脸上横流着汗水，连那件道袍也湿了一大片。

……

这天，秋秋从我床前走开时，轻轻地、哑哑地对着我的耳朵说，你去挖煤不如让我去死。

第十四章

41

秋秋的脸色变得越来越苍白，白得能看到她皮肤下那些紫色的血管儿。我怕哪一天，她的皮肤会突然间没了，让我们看到她活生生流淌的紫色的血。

好一段时间里我再没去挖煤，我们家的人不让我去，我也不敢再去。我们傩赐只要有一个人死在煤窑里了，庄上的人就得好久好久不敢再去煤窑里挖煤。而且秋秋自那以后曾三次对我说，你去挖煤不如让我去死。至于岩影，他也是尽量躲着我们，他不想因为我们不断地看到他而感觉到一种必须赶快挣钱的压力。但是，我能很分明地感觉到，他们的眼睛都深含着同一种东西——绝望。

绝望不光时时咀嚼着他们的心，也时时刺伤着我的心。

我对秋秋说，我还是去挖煤吧？秋秋却突然吓紫了脸，像她听到的不是“我还是去挖煤”而是“我被闷死在窑下了”。她说，你别再想挖煤的事了，那样的话，我不如死了算了。我说，可是我没有其他办法挣钱。秋秋说，你别去挣钱了，我认命。我说，你不还岩影的钱了？不给他娶女人了？秋秋摇摇头又点点头，我就明白，她还是没死心。她没死心我就不能放弃，但是我的脑子总是给我一片迷茫，不让我看到一丝希望。

于是，我找雾冬。

我说，你应该想想法子，我们大家相帮着挣钱为岩影娶一个女人。

雾冬说，我没那么傻。

我说，为啥？

雾冬说，我帮着你们打发了岩影，你们就该来打发我了是不是？

我说，我不会的。

雾冬鼻子里哼了一声，说，秋秋的心思在你身上，这个谁都晓得。

我说，她现在不是跟你过在一起吗？

雾冬说，她的心不在我这里。

我说，我不会跟你争她的，我会离开傩赐的。

雾冬说，你说得多好听啊，你要离开怎么不离开呀，是不是也等着我们还钱呢？

我说，不是，我也不会要你们还钱。

雾冬还是用鼻子嘲笑我，说，你当然不要我们还钱，那钱是我爸挣的,又不是你挣的,你没脸要的。

我有点生雾冬的气,但气还没到头顶就散了,从我的七孔散了。我发现,我很同情他。

因为,秋秋在他那边的一个月日子眼看着就要满了,秋秋又要回到我这边来了。而且,我因为还没有离开傩赐,就得接受秋秋。

那天,秋秋来到我面前,犹豫了好一会儿才说,蓝桐,还没有到时候吗?

她这话来得没头没脑,但我稍一寻思就明白她说的是什么了。这段时间,我已经悄悄把这件事情放下了,因为我不会允许自己去促成秋秋和雾冬离婚。

秋秋说,都这么长时间了。

我说,得把岩影的女人挣来了才能谈这件事情。

秋秋说,我们先跟雾冬离婚,我们一起去挣钱来替岩影娶女人。

我说,好吧,但跟雾冬离婚的事得我来说。

但是秋秋说,眼看着我跟了雾冬又是一个月了,我要今天就去离婚。秋秋说这话的时候眼光里透着坚定,让我着实吓了一跳。我说,等等,得找个恰当的机会。她说,我认为今天就是最恰当的机会,今天是赶集。我说,这事得我去跟雾冬说。秋秋说,我知道你有些嫌弃我,我不管,反正再过两天我就该过你这边来了,到时候谁也别想让我再回到雾冬那边去。

秋秋来到我这边的时候，脸色似乎红润了一些。

她说，蓝桐，你现在去跟雾冬说吧，我要跟他离婚。

我朝她点着头，却没有勇气去办她说的这件事情。我反复想象着雾冬听到我说出这句话以后的反应，那些因为痛苦而扭曲得变形了雾冬的脸在我眼前像幻灯一样不断叠放。它们让我心里一阵一阵地痉挛，直到我的脸也变了形。

秋秋不眨眼地注视着我的脸，她说，你不会去跟他说是不是？

秋秋的脸代替了雾冬那些脸谱幻灯，那张脸上红润正在渐渐退去。我说，秋秋，我们逃走。逃走？秋秋眼睛亮了一下。我说，我们一起离开傩赐这个地方，就没这些事了。秋秋脸上的红润渐渐回来，有一丝惊喜从眼睛里出来。她说，是啊，我们可以一起逃走啊。然后，她就兴奋得如白痴一样呆呆地想象着我们一起逃走以后的生活情景。我却又开始犹豫，我不想让雾冬痛苦，也不想让秋秋痛苦，我不愿意为救任何一个而去伤害另外一个。

秋秋从自己的状态中走出来，就从我的眼神里看到了我的犹豫。她说，你不愿意带我逃走是吗？我说，没有啊。我们准备一下，选个时间，得是晚上。秋秋的眼睛在我的眼睛上停留了足足一分钟，然后，她默默地走开了。

我那种缥缈的眼神总是让她琢磨不透，让她不敢信任。或许，她还在琢磨我是不是会真的带着她逃走，但一个意外的事情让她放弃了对我的琢磨，并且放弃了逃走的计划。

秋秋突然呕吐起来，呕得天昏地暗。

她明白，她怀孕了，怀的是雾冬的孩子。

她本来一门心思想跟我生活在一起，可是命运却跟她开了一个玩笑，让雾冬的娃在她生命里发芽了。

这个意外事件让秋秋好一阵不知所措。

秋秋突然变得异常地少言寡语。她像一只哑巴猫一样在我们面前来来去去，该做什么一样不落下，只是该说话的时候却总是偷工减料。能用点头或摇头来表达的她决不张嘴，能用两个字表达的她决不用三个字。她用一种近乎迷信的态度守护着她的嘴，怕一不注意就让别人知道她怀孕了，她想守住这个秘密。而且，她再不谈跟雾冬离婚的事，也不说要和我逃走了。

但是，她无法管住她喉咙里那些时不时就要冲撞出来的干呕声。她常常在正吃饭的时候就慌慌地往外逃，把一串干呕声带到猪圈巷子里去。但是晚上正睡着觉的时候，干呕常常就在她还没来得及逃的时候发生了。我以为她生病了，很焦虑。一串干呕过后，秋秋终于还是满眼含珠，虚弱地说出了她的秘密。她说，我怀娃了。“怀娃”两个字在我脑子里什么地方刺了一下，短暂的痛感过后，我的脑子轰然一下热了起来，像谁突然往里面放进了一盆炭火。

你怀娃了？你真怀娃了？我惊喜得不得了。我心里一直祈祷她能尽快怀上雾冬的娃，希望这样能让秋秋死了跟雾冬离婚的心。

秋秋突然就暗了脸，眼眶里的泪珠也往外落。

她说，你高兴什么啊，这不是你的。

我说，我知道你怀的是雾冬的娃。

秋秋不理我，很疲惫地闭上眼睛。

我说，秋秋你怎么不高兴啊，你有了娃了啊，你不是很喜欢娃吗？

秋秋幽怨地看着我，说，我早就知道你嫌弃我。

我忙说，没有没有，我没有。

秋秋就立即原谅了我，说，可我想跟你过，你嫌弃我我也想跟你过，我想怀的是你的娃。

秋秋说，蓝桐，我想怀上你的娃，可我怀的是雾冬的娃怎么办？

我把嘴紧紧地闭上了，我怕再张嘴就会再一次伤害到秋秋。

我久久地盯着屋顶上吊着的那个昏黄色的灯泡，一直盯到两眼发黑。我在灯光和目光共同营造的这片黑暗中，看到秋秋的肚子咕噜噜隆起，雾冬像一个孩子搂一个自己种得的瓜一样欣喜地搂着秋秋的肚子……

秋秋追着说，怎么办？

我说，我们不说这是雾冬的娃，谁也不知道。

我说，我们就把他当成我的娃吧。

秋秋噙着眼泪把我说的话想了又想，或者因为我当时的眼神是坚定的，所以她觉得这样也是个办法。于是，秋秋不再压抑她的呕吐，也不再像一只哑巴猫一样守着她的嘴了。她大大方方地对向她表示出疑问的人们说，我怀娃了，我怀了蓝桐的娃了。

她这样对我妈说。妈就嗔怪她，说，娃呀，你真傻呀，连自个儿怀了谁的娃都弄不明白呀。秋秋说，我咋不明白？我怀的是蓝桐的娃。妈说，你哪怀的是蓝桐的娃呀，你怀的是雾冬的娃。

妈一句话把秋秋苦心经营的窗户纸通了个大窟窿，秋秋再一次在自己的天真和愚蠢面前失去了语言。

妈没有经过秋秋的同意，把秋秋怀娃的消息到处传。这个消息对她来说是个好消息，对雾冬来说更是振奋人心。

雾冬要把秋秋接过他的房间里去，而且要用一个与众不同的特殊方式迎接秋秋和她肚子里的娃。

雾冬是个道士，每每遇到他认为重大的事情，他都要让这件事情笼上他的道气。他在我们共用的堂屋里摆开了道场，三支高香在香龛下袅袅燃烧，雾冬戴一个怪里怪气的面具，在香龛前又是磕头又是翻跟斗，跟着又起来跪在香龛前敲一会儿木鱼念一会儿经。这么折腾一阵，他才脱了袍子下了面具，走向秋秋，用一种很异常的声音对秋秋说，娘儿俩跟我回家吧。秋秋被他的戏腔吓了一跳，但还没吓得六神逃遁，她还知道尽最后的努力守候她的愿望。她说，我怀的不是你的娃，是蓝桐的娃。雾冬微笑，像一个得道高人一样充满智慧、充满慈善地微笑。雾冬说，菩萨已经原谅了你，你们跟我回去吧。秋秋被他一身道气压迫得有些喘不过气，但她还是努力抵抗。她说，你不信问蓝桐，这真不是你的娃，真是蓝桐的娃。这时候，我心里也有一阵类似于勇敢的东西在冲撞，但我还什么也没有说，雾冬就仙风道骨地跟我笑。他说，凡人在菩萨面前撒谎是很可笑的，但菩萨不会笑。接下来，不知道雾冬叽里咕噜念了些什么，我感觉到身体有些麻麻的，像有一种东西在我身体里流过，却又说不明白是一种什么东西。我就在这一种说不清道不明白的感觉中再没有开口为我和秋秋的愿望做努力，秋秋也跟我一样，被一种说不清道不明的感觉困扰着，眼睛暗淡无光。

42

秋秋又回到了雾冬身边。

秋秋开始特别关注她肚子里的娃，她双手只要一空下来就放到肚子上，她用手感觉孩子的呼吸，用手聆听孩子的长大的声音。她固执地认为一个生命长大的时候是有声音的。她时常会长时间地沉醉在她幻想出来的那种声音里，目光散散地看着远方，把别人忘了，把自己也忘了。

雾冬时常会突然打破她的这种宁静的梦境，她突然收回的目光会同时带出两滴泪珠子，沉沉的在她的眼眶边上吊一会儿，然后落下来，在秋秋护着肚子的双手上跳一下，湿下一片。

如果是我走到她身边，我安静的身影就会自然地和她的梦境重叠并融汇，她就会轻轻地抓住我的衣角说，你摸摸，娃在长大。当我的手抚上她的肚子，她就从幻境回到真实，推开我的手，红了脸说，这个不是你的娃。等了等又说，我想过了，我要跟我的娃的爸过一辈子。

这时候，我妈也回到了我爸身边。我妈以一个过来人的经验细心照顾着秋秋，秋秋的肚子一天一天就见着大起来。一个新生命的成熟使秋秋的眼神里注入了新的活力，但是秋秋还会时常来到我的身边对我说，我只跟我的娃的爸过一辈子，怎么办？从她的语气里，我能感觉到秋秋内心被一种矛盾蹂躏得多么痛苦。但我知道，我跟她一样，不知道这件事情该怎么办。于是，每一次她这么问，我都只能对她说，你说怎么办就怎么办。

雾冬还时常去外庄做道场，雾冬地里的活儿还时常需要我们去帮衬着干。苞谷仿佛是在一夜间就衰老了，桐果也由青变成了死红色，风里也不知是什么时候掺进了一些凉意了。傩赐人要赶着收完苞谷再接着收桐果，而这个时候我们傩赐的天气又会突然在半秒钟内变脸。一旦它不想晴了，傩赐又会长时间被一团湿湿的雾气包裹着，时不时地，来上几天绵绵雨，苞谷就吊下头，等不及我们采收就发了霉或者生了芽。

我们得赶在天还没变脸的时候把苞谷收进家里。我被分配到雾冬的地里，跟秋秋一起收苞谷。我爸特别关照，你小子可不能像在我们的地里那样懒洋洋的，给自己干你可以不上心，给秋秋他们干你得上心。

我们在苞谷林里啪嗒啪嗒扳苞谷，秋秋背个背篓，扳一个往背篓里甩一个。秋秋的肚子已经微微隆起，看起来秋秋就像是背上背着个背篓前面又挂着个包袱，很累。我不要秋秋背背篓。我紧跟着秋秋，让秋秋把她扳下的苞谷放进我的背篓里。凭我的力气，我只能背一背篓苞谷，可我却拼了全力在一大背篓上再加上一麻袋。

回到地里时，我看到秋秋一边扳着苞谷一边在哭，呜呜地，泪水像下雨。我说，秋秋你怎么了？秋秋用袖子抹下一脸的泪水，说，没什么，我就是看到日子在翻坎儿了，心里急。我说，日子要翻什么坎了？秋秋说，翻过坎儿，给岩影娶女人的时间就近了，可我手里还没有一分钱。秋秋一边说一边哭，我在她抽抽噎噎的时候突然发现她瘦了，她的目光不再像以往那么有力那么灵动，她的眼圈儿有一片阴影，她的娇小的脸也不如以前那么光泽滋润。

我感觉心里哪儿抽了几下，眼睛就热辣辣起来。

秋秋别着脸，我从她惨白的脖子上看到她在努力压抑她的哭泣。后来，她真就不哭了，一个人站到一边去，默默地扳苞谷。

我说，秋秋，等收完了苞谷，我会去挣钱的。

秋秋说，你不用去挣钱了。

我不知道我这回该说什么，我用一双空茫茫的眼睛看着她。

秋秋说，我只跟我的娃的爸过一辈子，这个钱应该由他来挣。

秋秋还说，我们也会还你的钱。

我忙说，我不要你们还钱。

秋秋慢慢地把脸扭过来，长久地看着我，眼神里的失望渐渐明晰起来。她说，我知道，你宁愿不要我们还钱，也不会要我。

我说，不是。

秋秋这个时候反倒显出一种超常的平静和轻松，她甚至用一种超出我想象的宁静对我说，老天肯定会送你一个好女人的。

从那一刻起，我突然就恢复了以往的懒惰。被秋秋爱着是一件很幸福的事情，这跟我心在不在这个地方，是不是总想着要离开这个地方没有关系。有了这份幸福，我就愿意为她的事情出力气。但秋秋因为她的爱在我这里找不到根，选择了一种宽容和退避，把她的爱变成对我的绝对放飞，就让我有些无所适从了。我用了很多时间来思索，我希望想明白我是否错了。我希望自己能找到理由骂上自己一顿来减轻心里的那份不安，但我很让自己失望，我竟然没能找到骂自己的理由。我觉得，我心不在这个地方，我时时想着要离开这个地方都不是错误，我这么对待秋秋的爱情也不是错误。那么，就无法解除我心中那份来自秋秋的不安了。

雾冬一回来，我就不下地了。我赖在床上，任我爸妈怎么呼我叫我，却固执地守着我那些像白色蝴蝶一样翩飞的思想，恍恍惚惚地数着时间。有一天，我爸生气地在我屁股上来了一棒槌。

我在那一棒槌落下后朝着房顶喊了一句，我不想待在傩赐！我爸就接着这一句喊道，那你滚，别像头猪一样在家里吃白饭！

那天，我咬着牙想，我是该走了。

43

我决定离开傩赐的时候，是深夜一点左右，傩赐庄都睡过去了。那时候，天上升起的小半片月亮，惨白惨白的，有几只蛐蛐在为月亮唱着歌。偶尔，风还梦游一样轻飘飘走一回，在枯干了的苞谷林子里弄出几个零碎的唰唰声。我们的傩赐庄，在月亮下，深的地方墨一样，浅的地方淡一点，像我们的脸色，灰灰的，黄黄的，又黑黑的。

我没有惊动我的家人，我悄悄地走了。

带着我去远方的路穿行在傩赐庄的苞谷林里，迷蒙中苞谷禾秆像为我送行的乡亲，默默地站着，凄凄地望着。有一会儿，我停下了脚步。我站在这里，让目光越过坡下茫茫的一片苞谷林，我想对它们说点什么。

我在这一片茫茫的苞谷林里看到了我的爸妈，看到了秋秋，看到了傩赐庄的乡亲们。这是一个男女老少的大杂烩群体，他们或提着篮子，或背着背篓，却都有着一副咬牙切齿拼命的表情。他们的地很多，苞谷棒子却小得像鸡蛋。他们要在傩赐的雨季来临之前把苞谷全部抢收进家门，要不，他们这一年的粮食连果腹都不够,就更别说还要靠这些粮食变钱来上交各种各样的款子了。

我的眼睛热热地发潮,我掉过了头,想再看一看家门。于是,我看到了秋秋。我以为还是幻觉,我眨眨眼,秋秋还在。秋秋说,我来送送你。秋秋是真秋秋,我走上前去,抓住她的手。我想对她说点什么,可我张了几下嘴却没有声音出来。我突然哑巴了。

秋秋把她的手从我的手心里抽出来,说,走吧。

秋秋的脸蛋像月亮一样惨白,她说,走吧。

我说,我还会回来的。

她说,嗯。

一阵风从我们身边走过,寒意就从脚底下升起来,灌满全身。我说,秋秋你回去吧,我很快就回来,我挣了钱回来帮你还岩影。说完我就掉转身走了。

这一回,我再没有停下。我怕一停下,我就会再一次回到以前那种犹豫不决的状态。但是,我还是在就要走出傩赐的时候回了头。那时候,我的前面是一条向山下飞蹿而去的小路,我知道我的脚只要迈上去,小路就会把我带到我一直梦寐以求的远方。我回头,希望在我走向远方的时候再看一看傩赐。那时候,月亮已经不如先前清丽,天空的云越来越多,越来越厚,青蓝的地方越来越少。那时候,傩赐的山如浓墨写意,凝重之间有混沌之笔。我知道,那些混沌之笔是正在升起的雾。我还知道,接下来的这个早晨，傩赐的天空将会有一轮忧伤而美丽的白太阳升起。

我坐下来，等待天亮。

我要看到白太阳升起在傩赐的天空，然后，再离去。

我等了很久。

但是我真等到了白太阳。果真好大的一轮，像一只忧郁的眼，透过浓浓的雾看着我。我流下了眼泪。我在心里对白太阳说，我走了，但我还会回来。

然后，我头也不回地往山下走了，走向一个离白太阳越来越远的地方。

很快，我就看到了傩赐以外的新鲜世界，感受到了傩赐以外的新鲜气息。但是，我一直也没能逃出那个天空中挂着一轮白太阳的意境。在奔逃的路上，我一直都在想我的爸妈，想秋秋，还有雾冬、岩影，想白太阳下那个梦境一样不真实的傩赐庄，想生活在那里的人们。

我知道，当白太阳爬上傩赐山口的时候，我爸就该起床扯起他的大炮嗓门喊我们起床了。当他看到满世界茫茫白雾，看到山口的白太阳的时候，他会为满山遍野待收的苞谷焦虑得胸口发痛。这个时候，他会把自己的嗓门儿变得更大，把声音拔得更高地呼喊我们起床。

他不知道他的呆羊一样的儿子这个时候已经不在傩赐了。他这样叫着我还没应，他就会跑到睡房里去揭被子。平常时间他可以不太计较我的懒惰，但这是个非常时期，傩赐的雾已经起来了，即使太阳出来也是一副惨白的面孔了。如果白太阳也没有了，那就是绵绵不断的细雨了。那么，傩赐人辛苦一年耕种出来的苞谷就有好些要被雨水泡烂在地里了。庄稼汉爱庄稼可不比爱儿子逊色啊。

我想，当他得知我恰恰在这个时候离开了傩赐，他会怎么骂我呢？他还会骂我呆羊吗？不骂呆羊又骂什么呢？

我想，或者他什么也不会骂。他伤心到极点就不知道该怎么骂了。或者因为他没有工夫骂，他要去收苞谷。

我想，我妈知道我离开了傩赐，会怎样伤心呢？

我妈会哭吗？肯定会的。但我爸会叫她不要哭。我想我爸看着一片散发着青香气息的苞谷林比看见我心情好得多，他会说我妈，你哭个啥？你有工夫把这些苞谷赶着收回去，比那呆羊还管钱呢。我想尽管我爸这么说但我妈还是要哭的，她的一块心头肉突然就不知去向了，她能不哭吗？一边扳着苞谷，妈就会躲在苞谷林里抹泪。

我还想雾冬和秋秋的日子。

我想，我的离开和秋秋的安心地跟他都会促成他拼了命挣钱来赎秋秋的事实。在我们傩赐，要想在短时间内挣足娶一个女人的钱，没有其他办法，只有去挖煤。雾冬肯定是要去挖煤的，那么，他会遇到危险吗？如果他遇到了危险，秋秋又将面对怎样的命运？想秋秋会替雾冬生下一个儿子还是女儿，想来年的桐花节还是不是秋秋去扮“桐花姑姑”。

还想岩影，想他那略带点沙哑的嗓子，想他在床前唱给秋秋的那些山歌，想他唯一的那只手，想那只手拿着几颗李子和一个熟杏时的憨厚和拙笨。

想白太阳下，傩赐庄满山遍野的桐树，桐树上青红相间的桐果。想傩赐人在白太阳下，举着一根长长的竹竿打桐果，把浓雾劈成一片一片，如纱如烟。

想他们在梦境一样不真实的雾境里发出的喜怒哀乐之声。

在傩赐的时候，我脑子里时常翻飞着一些对外面的渴望，到了外面，我的脑子里又充满了对傩赐的思念。跟在傩赐时渴望逃离一样，我终于没能忍受住思念之苦，又回到了傩赐。

第十五章

44

我回到傩赐的时候，是从一个风和日丽的春天走进一个冰冷却像梦境一样美丽的冬天。我又走近了白太阳，那一轮让傩赐的天空如梦一样忧伤的白太阳。

我走向白太阳，就看见了秋秋。秋秋着一件红袄，站在雾里，站在白太阳底下，正望着我向她走去。白太阳太像一个梦境，傩赐太像一个梦境，秋秋，也太像一个梦境。我站下来，久久地看着这个似梦似真的场景，看得喉咙发堵，以至于哽咽起来。

如果这是个梦境，那么秋秋是不是一直站在这个梦里？

如果这不是个梦境，那么秋秋这又是第几次站在这里？

一阵风走过，秋秋的头发飘了起来，有了真实的质感。我再也抑制不住喉咙里的冲撞，喊出声来，秋秋！秋秋！

或许，秋秋也把我看成一个梦境了。或许这个梦境不过是她每一次站到这里时的重复，我，不过是她无数次站到这里时的一个美丽的意象。我挥着手朝着她呼喊,她还是那样痴痴地看着。直到我跑到了她的眼鼻子面前,把一团一团的白色汽团儿打在她的脸上,她才终于活了回来。她白得有些过分的脸上漫溢开了一份惊喜,然而,又很快恢复了如白太阳一样的深藏着忧郁的平静。她的嘴张了张,很久才有一个声音进入我的耳朵。她说,你回来了?我忙说,我回来了,我带着钱回来了。我很想再看到秋秋的脸上露出一份惊喜,或者一缕浅浅的笑影也行。但是,秋秋的脸简直就是第二个白太阳。她不说话,只让忧郁的目光在我身上慢慢游走。我说,我带回来的钱可以替岩影娶一个女人了,你和雾冬的一年半时间马上就满了,我是回来送钱的。秋秋像是没听到我说的话,她把目光停留在额头上。我知道她看到了那儿的一条伤痕。那是一条足有两寸长的伤疤,但它更多的地方藏在头发里,额角上只有它一条没能藏住的尾巴。就这条尾巴,我也故意用一簇头发遮着。可是,秋秋看见了。我看到秋秋的眉头拧了起来,她的手也抬了抬,但后来,她最终还是放弃了对这个伤疤的抚摸。她说,走吧,回去。

我跟在她身后,心里因为自己有了一份能够拯救她的钱而越来越激动。我说秋秋,我们今天就去把钱给岩影,或者就叫人直接去给他找女人去。

秋秋不说话,猫一样无声地带着我走过院子,走进了家门。

屋子里弥漫着一股呛人的煤烟味儿,但这个时候这味道对我来说却是特别地温馨。我兴奋地举着双眼到处搜寻,我说,秋秋，我爸我妈呢？雾冬呢？秋秋说，爸下地去了，妈这阵不在这边。我们的声音引来了秋秋睡房里另一个声音，雾冬在里边问，是蓝桐回来了？我说，是啊，是我回来了。我以为我说完了雾冬就会出来迎接我了，但雾冬却迟迟不出来。秋秋走进睡房，不一会儿就出来了，怀里抱着个胖乎乎的孩子。她说，他叫虎儿。

虎儿！这个胖乎乎的孩子传导给我一身的温暖，我放下背包就情不自禁地向他伸出我的手，但他却陡然掉过头去，一头扎进秋秋的怀里找奶吃去了。

秋秋说，雾冬在屋里。

我说，他在屋里干什么，大忙的天还睡觉？

秋秋没有作声，抱着虎儿到火炉上去喂奶。

我从这种过分冷寂的气氛中嗅出一种不祥来，我感觉到这种不祥隐藏在雾冬的屋子里。我提着心，慢慢地走进雾冬的睡屋。我在那里看到了一个再也站不起来了的雾冬，一个被煤荒石切断了腰的雾冬。

雾冬为了挣钱来还岩影的份子钱，把自己的一生钉在床上了。

雾冬的脸努力地抽动，好不容易才扯出一个笑来，说，神符也没能保住我。

我说，我都带着钱回来了，我赶着回来就是为了能在这个时候给岩影娶上个女人，让秋秋跟你一个人过。

雾冬还在笑，笑得很干，很怪。他说，不用了，岩影大哥也不要我们还钱了。

我的头脑里又开始了一种浓雾笼罩的迷茫。我走出傩赐的时候，并没有把这种感觉一同带走，没想到一回来，那感觉就附在我身上了。我的眼睛久久地停留在雾冬掩盖在被子下面已经残了的半截身体上，一开始我似乎能穿过被子清楚地看到雾冬已经有些枯萎了的腿，后来，我的视线被被子里的棉絮扭结、挤压、混搅并吸进去了，而且再也拔不出来。我的意志想把视线拔出来，所以有了一番挣扎，这一番挣扎没有达到抽出视线的目的，倒是搅起漫天的棉絮，让人眼睛迷茫，呼吸不畅。

我在雾冬面前掉下了泪。

雾冬说，你哭个啥呢，好好的？

我还是掉着泪。

雾冬说，你去抱抱虎儿吧，他重呢。

我说，你打算怎么办？

雾冬说，什么怎么办？

我说，秋秋和虎儿怎么办？

雾冬埋下头想了一会儿，说，你回来了，就把秋秋接过去吧。

我说，那你呢？

雾冬说，你们把虎儿带好就行了。

我没有想到雾冬能如此平静地面对他的绝望命运。

我从他那里出来，走到秋秋的面前，我让秋秋看到我眼睛里的坚定。我说，我们把钱还给岩影，你跟我过。秋秋看我一眼，说，岩影大哥不要钱，也不要女人。我说，岩影大哥不要的是雾冬的卖命钱，我这钱他会要的。秋秋的眼里瞬间涌满了泪珠，挤不下，一些就滚出了眼眶。她说，你的钱也是卖命钱。我惊异她怎么知道我这钱的来之不易。她说，你头上那伤是怎么来的？我没有回答她的问题，我替她擦掉眼泪，说，你，雾冬，虎儿，我们一起过。秋秋突然猛烈地摇头，把滚烫的泪珠子摇得满天飞。我不明白她这表达的是什么，她紧紧闭着嘴，为了压抑一个呼之欲出的哭声，她把她的想法也压在了肚子里。我说，秋秋，这件事情你就不要管了，就按我说的办。秋秋一张嘴，一个沉闷的哭声冲口而出。

我没有再让秋秋看到我犹豫的眼神，我趁着自己还热血沸腾着的时候，揣上我带回来的所有钱朝着岩影家走去。

我在岩影家里没找着岩影，在岩影的地里没找着岩影，却在找他的途中发现他在翻着雾冬的地。

他对我的出现表现出一种异常的平淡。他在我喊过他以后抬起头来看了我一眼，然后又埋下头翻地了。他一只独手，翻地时要比别人多使出一倍的力气。一边翻着地，他才说，你回来了。我说，我来还你的钱，份子钱。他再一次抬了一下脸，但那是一张静若止水的脸。他并没有停止手里的活，他说，我不要那钱了。我说，这钱是我挣回来的，是专门挣来替你找女人的。岩影说，谁挣的我都不要，不要钱，也不要女人。我说，你是不是还想着秋秋。岩影说，秋秋不会跟我。我说，那你就另外找一个女人吧。岩影歇下来，立直了身体，抓了他飘荡在风中的空袖筒擦额上的汗水。

我从口袋里拿出钱来，递到他面前。我说，拿去，找个女人过日子吧。

他不接钱，连看都不看一眼。他从口袋里掏出一根被扭曲得如蛇一般的烟叶，用嘴巴咬断了，慢慢地裹。

他说，这钱你有用场的，你也得娶女人。要不，你还可以替家里还些债。上面又催交钱了，说是要改造电线，一个人头一百八哩。

我说，我不娶另外的女人了，我和秋秋、雾冬他们一起过。

他白了我一眼，把卷好的草烟放到嘴里点上，吧嗒一阵，说，他们是需要一个人帮着，你回来了，我也可以轻松些了。又说，陈风水村主任说过了，雾冬以后就算成个死人了，往上面交的款子都不算他的份儿。我说，那你把这钱拿上吧。他突然长长地叹一口气，说，我说过不要这钱的。我说，可这是我们欠你的呀。岩影突然呼噜一声，眼角就湿了。

他说，你要还把我当大哥，就把这钱拿回去吧。

然后，我觉得我该去把我的这个决定告诉我妈。

我妈在地里和管高山一起犁地。管高山拖犁，她扶犁。我到了，我妈就叫我帮她扶着犁，她到地边去喝水。我扶着犁，就跟她说，妈，我打算跟秋秋一起过。我妈喝到中途停下来，没来得及咽下的水把她的嘴撑得圆鼓鼓的。她就那样鼓着嘴、眯着眼看了我一会儿，咕咚吞下水，说，和雾冬打着轮子过？我说，不是，是和雾冬一起过。

我妈眯着的眼睛打开了一下又眯上了。她替管高山端来一碗茶水。管高山停下来，接了茶水咕咚咕咚地喝。

我说，雾冬成那样了，秋秋一个人带着虎儿，这日子得有人帮着过。

我妈说，岩影呢？

我说，秋秋一开始就不想跟岩影过，岩影自己也不想强拉秋秋跟他过了。

我妈说，可岩影天天在帮他们，帮他们翻地，还天天背雾冬去茅房。我妈说着就坐到地边，一边看着我们犁地，一边跟我说话。管高山自喝过了水以后，就一直跟牛一样不出声地埋着头拉犁，地里响起的声音都是我妈的。

我妈问我，秋秋答应你了？

我说，秋秋没说答应，也没说不答应。

我妈哎一口气，把一只鞋壳脱下来抖里面的泥。抖着泥，她说，你们这帮娃呀，让人操碎了心还落不下个好来啊。

妈后来不抖鞋壳了，抱着双膝发傻。

后来，她站起身，踩着一种略带醉态的步子向我们走过来，说，你们的事你们自个儿做主吧，我也不想管了。

45

我一个一个地把我的决定告诉了所有的家人了，以为这事就剩下陈风水来做个证就行了。

我去请陈风水。

陈风水也在地里，吆喝着他的牛犁地。情景不过是往事的重复，不同的是这回陈风水顶了一头白发。那一头银发和雾融在一起，让人看陈风水的头脸时就看出更多的迷蒙来。

看见我了，他早早地停下来等我。还远远的，他就扯起嗓门喊，蓝桐，早听说你回来了，正想着把这块地犁完了来看看你嘞！我紧着步子赶到他面前，站下来等气息平静。他看着我起伏得剧烈的胸膛，说，跑这几步就累了，出去了一趟也还是个弱芽子？我呵呵笑几声，算是默认他的说法。陈风水呵呵笑了几声，突然又正了一张脸说，你小子怎么就丢下娃娃们跑了？我说，我这不是回来了吗？陈风水鼻子里哼了一声，像冷笑，但我知道这笑里热比冷多一些。他说，我都把学校修好了，你回来了正好。他突然别过头朝另一边看，看到四仔妈也站在那边朝这边看，他说，站着干啥，过来把着犁，我带蓝桐去看看学校。我忙说我是来跟他说事情的，今天就不去看学校了。陈风水不听我的，他固执地看着四仔妈走向他，接过他手里的犁，拉了我就走。我被他拉着离开地头的时候，无意间回过一次头，看到四仔妈正磁着眼看着我。我的回头吓了她一跳，她一激灵缩回目光，一鞭子抽在牛屁股上，牛走起来，她也跟着走了起来。

陈风水修的学校在离他家不远的一道半坡上，是两间水泥砖瓦屋，每一间都比傩赐人的堂屋还宽。陈风水把我拉到房子里转了一圈儿，出来后，他眯着眼问我，怎么样？我说，很好。他突然哈哈大笑起来，因为嘴里还堵着烟枪，那哈哈声就被挤扁了，听起来不是很圆，但还是一样地脆。

趁着他高兴，我说，到我家去一趟，我想请你帮我处理件家事。

他还躺在他的兴奋中不愿起来，他说，我一直在愁这老师的事哩，你说我们这庄上，像你这样有学识的人只有你一个，还跑了，外庄的我们又请不起，嗨，可把我愁坏了。这回倒好了，你小子回来了。他突然又不笑了，问我，你不会走了吧这回？我说，我这回不走了，我留在庄上当老师了。陈风水重又哈哈笑起来，笑完了，说，好！这下好了！

我说，但是你得帮我去处理一件家事，这件事情处理好了，我就可以当老师了。

他忙把嘴里的烟枪拿走，严肃地问我什么事情。我说，我想跟秋秋一起过。他用一副疑惑的表情看着我，说，你不是不愿打着轮子过日子才跑的吗？我说，不是打着轮子过，是我去当秋秋这个家的家长。陈风水吞吐着烟雾想了一会儿，算是明白了。他说，嗯，你小子还算有胸怀。他说，雾冬成了一个废人以后，秋秋一个人带着娃，那日子是得有个人帮着过。

不看学校了，他主动抢着步子往我家走，突然又停下来，转过头，却不看我，看着地上，像在努力想一件事，然后他说，那么岩影呢？

我说，岩影是你判他退出的嘞。

他说，可是我听说岩影并没有收秋秋的钱，你们也没有去替他找一个女人来嘞。

我说，岩影现在啥也不要。

他把扎在地上的目光抽出来，看着我，说，岩影真这么说的？我把头重重地点几下，他又把头重重点几下，我们又开始赶路。

这个时候，秋秋已经弄好了一桌饭菜，我爸妈、岩影也都坐在火炉上等着我们了。除了这一桌饭菜，秋秋还烧了一锅喷香的油茶。我们还在院子里就闻到了油茶的香味，陈风水夸张地吸着鼻子喊道，啊呀呀，这油茶香能馋死个人嘞。

他进了屋也不看人，眼睛专门寻找油茶，说，这香东西藏在哪儿呢？我妈说，藏啥呢，专门请你来喝的。这么说着话，两边的招呼就算打完了。陈风水坐到给他留出来的那个位子上，第一碗油茶也端到了他的面前。他毫不犹豫，吸溜一声嘬了一口，然后像个孩子一样地惊叹，哇，好香！至此，这一桌子人就像一家人一样相融在一起了。

我把雾冬也背出来，让他躺到竹椅上，开会的人就算全齐了。

桌上的人并没有开会时的严肃，从陈风水嘬了第一口油茶起，桌子上就剩下一片呼噜声和吧嗒声。我说，我们一边吃饭一边说事吧。我爸觉得这话很多余，白了我一眼。我却不觉得多余，说话前我看了一眼岩影，他虽然努力地使自己做到平淡，却仍然掩盖不了他内心的沮丧。我这句话是说给岩影的，有一种抱歉的意思。

然后，我就说了我的那个决定。

我以为我的话会立刻引起反响，但饭桌上只有一片吧嗒声和吸溜声。从我爸开始，我一个一个地看他们的表情，我看到的全是一派平静，连岩影先前表露在脸上的些许沮丧也被深深地藏了起来。我忽略了秋秋。我以为这个决定是她求之不得的。我忽略了时间给一个人带来的改变。

她在我郑重宣言要挑起她的家庭担子的时候说，如果我必须再嫁一个男人的话，我还是嫁岩影吧。

46

秋秋的话让一桌子人都傻巴了，连陈风水这样经历丰富的人也和我们一起半张着嘴、死着眼。

秋秋就把她的话重复了一遍，如果一定要再嫁一个，我就嫁岩影吧。

陈风水第一个反应过来，他追着问秋秋，你是说你要嫁岩影不嫁蓝桐?

秋秋说，是。

我看着秋秋，希望秋秋能给我一个理由，但秋秋当时把头埋得很低，不敢面对我的眼睛。当这件事情过后，我的目光再一次回到以前的缥缈的时候，她才对我说，你的心在天上，你还会走的。

在严酷的现实面前，秋秋不得不现实地对待自己的命运和感情。这就是她选择岩影的理由。

秋秋的这个决定首先得到我爸我妈的热烈支持，我妈是饭桌上第二个做出反应的人。她刚才因为意外而半张着的嘴还没来得及合上就蹿出来几个笑声，接着就是两条浑浊的泪流奔涌而出。娃呀！她说。呼噜一声，吸一下鼻涕。她还说，娃呀。她很感动，除了感叹，她说不出其他的话来。

接着是我爸，我爸眼睛还鼓着，还保持着一份惊讶的模样，但嘴里蹦出一串儿响亮而又坚硬的笑声。他说，好，这样好，这样蓝桐那钱就可以拿给我去还高利贷了。妈的，再不还，再不还人家就要来抄家了。

岩影更是高兴得脸都红成了酱色，半碗饭也放下了。他心里被甜蜜装得满满的，再吃不下饭了。他竟然像个害羞的小孩子一样，把他那唯一的手放在两膝间蹭来蹭去，那一脸像乱草一样的胡茬子也激动得抖。

后来秋秋终于抬起了她的头，她让我们看到她一张静若止水的脸。她说，雾冬躺下以来，岩影大哥一直在帮着我们，岩影大哥要是不嫌弃我们，就过来和我们住一起，做我们的家长，当我们这个家吧。岩影慌忙说，不嫌弃不嫌弃！岩影蹭手的速度加快，脸也更红，胡子抖出了咄咄的声音。

我长久地盯着秋秋的脸，我希望看到她藏在深处的思想。但是，我看到的还是一张静若止水的脸。

她这张脸是做给我看的，她知道这时候只有我才最关注她的表情。她想让我从她的表情中获得一份放心和如释重负。她做到了。我从她一脸的平静看到她已经从容地接受了现实，一直激越着的心真的就平稳下来了。我感觉到自己像一只被充得有些过分的皮球，到这时候才折腾出了多余的那些气。我的眼前轰地一下弹出一片灰蒙蒙的雾景，我又回到了原来的那种懒懒的对什么事情都迷蒙无知的状态。

秋秋的选择让现实变得很圆满了。

我爸说，以后挣的钱也别老往家里拿，集起来娶个媳妇吧。

我说，嗯。

我看到秋秋飞快地看了我一眼，那一眼像一个火星，烫了我一下，又像一块冰碴，给了我一个尖锐的冰冷刺痛。

我走的那天，傩赐突然下起了牛毛细雨。雨把雾压得更低，完全是要把傩赐压成饼的做派。背上我的背包，跟家里人一一别过以后，我一头扎进雨雾里，要离开傩赐了。细雨把小路弄得很湿，很滑，我的脚踩上去，小路就发出一些叽叽哇哇的声音。我听着这些可爱的声音，心里渐渐地亮开，眼前也似乎没有雾了。然而这声音突然就停止了。陈风水站在我面前，他的脚边是他的黑狗。陈风水的后面还站着一片高高矮矮的娃娃。

我不知道他们要做什么。

陈风水说，看看他们吧，你看他们是多少娃娃？他们全是没有户口的黑孩子，他们不能到庄外去上学，你得留下来，做他们的老师。

他们站在雨里，头发上顶着好多好多晶莹的水珠儿，静静地看着我。

我听到我心底响起一阵隆隆声，我不明白那声音代表着什么情感，但后来我觉出了那里的痛。雨似乎大了起来，有一些哗哗的声音在我的耳边响起来。我说，你们回去吧，我得到外面去挣钱。

陈风水没有回答我，他回过头对娃娃们说，娃娃们，来，我们跟老师磕头。

他跪下了。

娃娃们也跪下了。

我的眼前突然一亮，又突然一黑。一个呜咽声响起，陈风水的黑狗看到身边一片竖着的人伏下了，它也跟着趴下，做五体投地状。越过这一片黑压压的人，我看到了秋秋和四仔妈。她们像两棵向日葵，孤独地站在冷雨里，默默地把我注视。

在她们的头顶，靠着山尖的地方，有一轮白太阳。因为雾太湿太重，白太阳显得很单薄，单薄得若有若无。